CONVERTIES

Du même auteur

L'Europe, avec ou sans Dieu ?
Héritages et nouveaux défis
(avec Bérengère Massignon)
Éditions de l'Atelier, 2010

VIRGINIE RIVA

CONVERTIES

ÉDITIONS DU SEUIL
*25, bd Romain-Rolland, Paris XIVe*

ISBN 978-2-02-118067-1

www.seuil.com

Introduction

C'est un doux euphémisme de dire que l'actualité récente ne cesse de nous donner à voir des jeunes femmes françaises converties à l'islam, portant le niqab ou le noir des tenues salafistes, adolescentes autoradicalisées et candidates au « djihad matrimonial » en Syrie[1]. Alors que je termine ce livre, un Québécois converti à l'islam a ouvert le feu dans le Parlement canadien à Ottawa, faisant un mort, avant d'être abattu. La figure du ou de la converti(e), telle qu'elle est médiatisée aujourd'hui, renvoie forcément à un parcours de radicalisation. Pour autant, chez l'homme, si l'itinéraire peut mener au terrorisme, cette évolution est rare chez la femme française[2].

1. David Thomson, *Les Français djihadistes*, Les Arènes, 2014. Il explique très bien comment, en Syrie, les aspirants au djihad tentent de recruter des femmes francophones qui acceptent de les rejoindre pour se marier avec eux.

2 S'il n'y a pas en revanche de célèbres kamikazes converties, il faut cependant rappeler Muriel Degauque, convertie belge, née à Charleroi, première Occidentale à avoir commis un acte kamikaze en Irak le 9 novembre 2005. Elle déclencha sa ceinture explosive au passage d'une patrouille américaine, tuant plusieurs policiers irakiens. Elle avait rejoint le djihad après son mariage avec Issam Goris, fils d'un Belge et d'une Marocaine. Ou bien la « veuve noire », Samantha Lewthwaite,

Mais dans un pays où l'islam représente désormais la seconde religion, la Française convertie incarne l'idée d'un islam prosélyte, et d'une femme soumise, convertie nécessairement pour se marier. Les représentations de la convertie participent de deux sentiments, à la fois d'une peur d'un islam conquérant[1] – le mythe de l'islamisation – et également d'une incompréhension relative de la condition de la femme en islam en particulier[2]. La convertie passée par l'école de la République et ayant grandi dans un contexte laïque, soucieux de garantir l'égalité, la mixité et la liberté de conscience, comprises comme autant de valeurs fondamentales pour la constitution d'un individu autonome, est une énigme. Une énigme, donc, que ces conversions, alors que le débat médiatique ne cesse d'interroger la compatibilité entre l'islam, lorsqu'il revendique la reconnaissance publique d'un ordre de valeurs différent, et la République.

Le problème vient de ce que nous ne savons quasiment rien sur ces femmes converties à l'islam en France[3]. Le ministère de l'Intérieur est incapable de les chiffrer avec précision. Le Bureau des cultes, qui en dépend, ne dispose officiellement d'aucun chiffre – puisqu'il n'est pas censé

---

l'épouse britannique de l'un des kamikazes auteurs des attentats de Londres en 2005, suspectée d'avoir participé au commando terroriste contre le Westgate Mall de Nairobi en 2013.

1. Raphaël Liogier, *Le Mythe de l'islamisation. Essai sur une obsession collective*, Seuil, 2012.

2. C'est le sens du livre de Zeina el Tibi, *L'Islam et la Femme. Rappel pour en finir avec les exagérations et les clichés*, Desclée de Brouwer, 2013.

3. L'étude des converties est un champ documenté par la recherche universitaire, à l'exemple du livre récent de Géraldine Mossière, *Converties à l'islam. Parcours de femmes au Québec et en France*, Presses de l'Université de Montréal, 2013 ; mais il n'y a aucun livre grand public disponible à ce jour sur les seules femmes.

comptabiliser une pratique nécessairement privée en France[1]. Quant au nombre total de convertis dans l'Hexagone, sans aucune information sur leur sexe, les évaluations varient entre 100 000 et 200 000 (selon la Grande Mosquée de Paris). Les statistiques et les études scientifiques font défaut. Pour Dalil Boubakeur, président du Conseil français du culte musulman (CFCM) et recteur de la Grande Mosquée de Paris, il y aurait 4 000 Français qui se convertiraient chaque année à la religion du Prophète[2]. À la Mosquée de Paris, les seuls chiffres obtenus sont ceux de l'année 2012, recopiés à la main sur des bouts de papier à la fiabilité douteuse. Les convertis sont répartis selon leur statut social : cadres 36, salariés 104, étudiants 11, commerçants 10, sans emploi 70, divers 68. Une dernière catégorie distingue le sexe : 236 hommes, 63 femmes. Enfin, une colonne griffonnée énonce les motifs de la conversion : mariage 50, conviction personnelle 25, foi 103, divers 121.

À Aubervilliers, l'imam ouvre devant nous deux énormes classeurs contenant les certificats de conversion de ses ouailles. Ces classeurs ne remontent pas avant 2006, et présentent 67 conversions de femmes sur environ 400. Mais il faudrait faire le tour de France des mosquées pour s'approcher du nombre réel de convertis. Et encore, ce serait peine perdue, puisque la majorité des conversions ne sont pas officialisées à la mosquée ! Elles ont souvent lieu dans les foyers. « Les autorités ont les moyens d'avoir les vrais chiffres, mais elles ont peur de le savoir ! » lance ironiquement l'imam d'Aubervilliers, persuadé que le nombre de convertis est en train d'exploser en France.

1. Au Bureau des cultes, le nombre de baptisés est connu, explique-t-on, mais uniquement parce que l'Église catholique communique ses chiffres annuellement.

2. Entretien avec Dalil Boubakeur. Les chiffres proviennent d'une mission lancée dans les mosquées.

À partir de ces chiffres difficilement vérifiables, on peut néanmoins faire des hypothèses. Pourquoi y aurait-il moins de conversions de femmes que d'hommes ? Une première explication : dans le cadre d'un mariage, la femme issue de l'une des religions du Livre n'a aucune obligation de se convertir pour se marier. À l'inverse, un homme qui souhaite épouser religieusement une musulmane est obligé, lui, de se convertir. Et si la conversion de la femme avait en réalité quelque chose de plus sincère ? Loin de l'image de la femme forcée d'embrasser la religion de son mari ? À la Grande Mosquée de Paris, c'est le discours que l'on tient : « Pour ce qui est des femmes, la conversion est souvent plus sincère, puisque cette dernière n'est pas une condition nécessaire pour concrétiser le mariage religieux. Elle est aussi sincère, dans le sens où la future souhaite, pour des raisons sentimentales et dans le souci d'une stabilité conjugale, connaître la culture de son conjoint et surtout sa religion. Bien que, dans ce cas de figure, la conversion de l'épouse (chrétienne ou juive) n'est pas obligatoire du moment qu'il s'agit de personnes faisant partie des gens du Livre, la plupart des musulmans souhaitant vivre avec des femmes de ces confessions posent la question de la conversion comme une condition nécessaire du point de vue culturel et non religieux[1]. » Quant à la catégorie « divers », elle laisse songeur quant à l'imprécision des motifs d'une conversion, nécessairement pluriels (cf. *infra*).

Problème : il y a moins de femmes qui se convertissent à la mosquée de Paris qu'à la mosquée de Lyon ! Au Service des conversions, Christophe Abd al-Qouddous Jibrîl Gouraud affirme qu'il y a plus de conversions de femmes que d'hommes « en ce moment ». Mais, là encore, aucune comptabilisation n'est tenue. Y aurait-il plus de femmes que

1. Document remis par Dalil Boubakeur sur « Les causes et les motivations des conversions ».

d'hommes qui se convertissent selon les aires géographiques, le type de mosquée, les périodes ? Certainement, mais impossible de répondre de façon précise à cette question…

Entrer dans l'islam : un processus religieux et social

Le terme de « conversion » n'est pas précisément présent dans le Coran, et n'existe pas dans la langue arabe[1]. Islam signifie « soumission à Dieu », la conversion est donc l'acte de celui qui décide de reconnaître cette soumission au divin. Le choix de l'islam est alors compris comme le choix de celle ou de celui qui a décidé de revenir dans la foi, comme l'explique Géraldine Mossière : « La sémantique utilisée par les femmes converties présente l'islam comme un domaine, un univers en soi au sein d'une géographie symbolique. Ainsi, les musulmans sont réputés "être dans l'islam" et le fait de se convertir, signifié par l'expression "entrer dans l'islam". Convaincu de l'innocence fondamentale de l'homme, l'islam admet en effet que chacun naît avec une prédisposition à la soumission à Dieu, de sorte que la religion musulmane ne constitue finalement qu'un rappel de ce lien divin. Par conséquent, le fait d'embrasser l'islam est avant tout perçu comme un "retour"[2]. »

Pour se convertir, il suffit de réciter l'acte de foi, l'un des cinq piliers de l'islam, la shahada, soit l'attestation de l'unicité divine et de la mission d'envoyé de Mohammed. Le converti prononce alors cette phrase : « Il n'y a de Dieu qu'Allah et Mohammed est son messager », en arabe ou en français. Juste après l'avoir prononcée, tout converti doit effectuer des ablutions, symbole de purification spirituelle

1. Géraldine Mossière, *Converties à l'islam*, *op. cit.*, p. 101.
2. *Ibid.*

et matérielle. Le converti fait alors partie de l'oumma, la communauté musulmane. Et se doit de respecter les cinq piliers que sont : la shahada ; la prière (qui se déroule cinq fois par jour et, le vendredi, obligatoirement à la mosquée pour les hommes uniquement) ; la zakat (ou aumône légale, c'est-à-dire le don aux pauvres afin de purifier ses biens) ; le jeûne durant le mois de ramadan (en commémoration de la Révélation du Coran) ; et, enfin, le pèlerinage à La Mecque (dont le rituel est célébré par tous les musulmans à la fête commémorative du sacrifice d'Abraham, l'Aïd al-Adhâ). Les deux premières obligations s'imposent à tous les musulmans sans exception, les trois dernières ne sont à accomplir que par les musulmans qui ont un état de santé et/ou disposent de moyens matériels suffisants pour les effectuer.

Les femmes que j'ai rencontrées ont toutes eu des cérémonies de conversion singulières, parfois seules chez elles dans leur chambre, parfois de manière officielle devant deux témoins dans une mosquée. L'entrée dans l'islam peut donc être totalement informelle, mais seule une mosquée peut délivrer l'attestation de conversion, document nécessaire pour attester de son identité musulmane et avoir le droit de se rendre à La Mecque pour accomplir le pèlerinage.

Chacune de ces femmes est donc entrée officiellement dans l'islam en quelques minutes seulement. Si ce moment est central, ce qui me paraît intéressant d'interroger, c'est le processus en amont qui a permis à cette conversion de prendre corps, qu'il s'agisse du rapport à la religion dans chaque famille, des questionnements existentiels de chacune de ces femmes, des rencontres et d'éventuels accidents de la vie. Voilà pourquoi j'ai privilégié des entretiens commençant toujours par un récit de vie, plutôt que par l'acte de conversion en lui-même, consciente du fait que le récit de conversion est aussi un récit reconstruit à la lumière de la nouvelle foi. Et puis, l'après-conversion est évidemment le vrai moment d'entrée dans l'islam. L'islam implique un nouveau style de vie. Les nouvelles pratiques sont à la fois sociales, le changement de prénom par exemple (ce qui n'est pas le cas pour toutes les femmes que nous avons rencontrées) ; vestimentaires (port de vêtements dits pudiques, voire adoption du voile) ; hygiéniques (ablutions à faire avant la prière) ; alimentaires (interdiction de l'alcool et du porc, consommation de viande halal) ; corporelles (circoncision pour les enfants des femmes converties)[1]. Sans parler de la charia : « La vie sociale est désormais régie par la loi islamique qui définit, entre autres, le modèle familial, les pratiques matrimoniales, ou les règles d'héritage[2]. »

Voilà pourquoi, pour chaque portrait, l'adoption des pratiques religieuses, et surtout sociales, est une étape fondamentale pour comprendre le cheminement de ces femmes. Ces processus ne sont pas figés. Certaines sortiront peut-être un jour de l'islam, par isolement notamment, d'autres avanceront dans la foi et dans leur engagement politique.

L'enquête et la rencontre avec les converties

Cette enquête propose une galerie de onze portraits de femmes converties, pour mettre un visage sur ces parcours, toujours incarnés. Et pour donner à voir, au-delà des fantasmes ou des discours lénifiants, quelque chose de la réalité de l'islam ou des islams d'aujourd'hui en France. Des islams, parce qu'il y a en réalité 73 courants différents ! Les femmes que j'ai rencontrées ne se revendiquent quasiment jamais d'un courant en particulier, sauf à deux exceptions près : dans le cas de la conversion soufie, et lorsqu'elles se reconnaissent dans le message de Tariq Ramadan. Mais, à travers tous ces portraits, on retrouve quelques grands

1. *Ibid.*, p. 102.
2. *Ibid.*

courants, soufisme, Frères musulmans, salafisme quiétiste, ou du moins des éléments de salafisme – même si elles s'en défendent. L'islam mystique soufi est pratiqué par des communautés ou confréries, rattachées à un cheikh, maître spirituel.

Les Frères musulmans – dont le discours est essentiellement relayé en France par l'UOIF, fédération d'associations née en 1983, qui regroupe plus de 250 associations musulmanes réparties sur le territoire français, incarnée par la personne de Tariq Ramadan – défendent une pratique orthodoxe de l'islam et un engagement politique en tant que citoyen français musulman dans la Cité.

Le salafisme, qui est le retour à l'islam comme pratiqué du temps des compagnons du Prophète, se subdivise entre salafisme quiétiste et salafisme djihadiste.

L'enquête a été menée sur deux ans, à partir de la fin de l'année 2012. Mon objectif au départ était de passer par les institutions ou les associations. J'ai tout d'abord eu des contacts avec le Conseil français du culte musulman, et même si Dalil Boubakeur m'a reçue longuement et de manière très chaleureuse, ma rencontre ne m'a pas aidé à trouver des converties. Le principal obstacle est venu de l'UOIF, mais il s'agissait de la présidence précédente. Dès le début de mon enquête, j'ai sollicité cette fédération d'associations. J'ai été reçue à La Courneuve, au siège de l'organisation, pour un entretien de plus de deux heures avec l'ancien numéro 2. Celui-ci acceptait de m'aider, voire de mettre à disposition tout son carnet d'adresses de converties, si j'abandonnai mon projet de ne traiter que des femmes, sans parler des hommes convertis. J'ai expliqué et défendu ce projet deux heures durant, mais le dialogue se révélant vain, je n'ai pas pu être aidée par l'organisation ; qui avait par ailleurs demandé de relire le manuscrit.

Beaucoup de ces rencontres se sont donc faites par recommandations de membres de la communauté musulmane et de bouche à oreille en dehors de la communauté. Mon souci était alors de pouvoir sélectionner des portraits suffisamment représentatifs d'un « idéal type » d'islam, ou des trajectoires différentes de conversion et de pratique. Toutes ces femmes ont entre 26 et 38 ans. Certaines venaient juste de se convertir lorsque je les ai rencontrées, d'autres l'étaient depuis une quinzaine d'années. Toutes exercent une profession, et la plupart du temps, une profession dans le social : cinq d'entre elles ont commencé leur carrière comme aide-soignante, psychologue, travailleur dans le milieu de la petite enfance, assistante sociale. D'autres sont dans le management, le marketing, journaliste ou professeur de musique. Deux d'entre elles ont un parent marocain musulman, dans le cas de Soizic, son grand-père, pour Claire il s'agit de son père. J'ai également eu à cœur de trouver des femmes issues de différentes catégories socio-professionnelles, et surtout de différentes régions de France : Alsace, Paca, Bretagne, Île-de-France, Centre, Rhône-Alpes.

L'échantillon de ces onze converties est-il représentatif ? Il ne peut pas l'être, la démarche étant de donner à voir des parcours singuliers. Exemple, la question de contacter une convertie djihadiste dans le contexte actuel s'est posée. J'ai lancé en vain quelques pistes – sans être moi-même convaincue de la pertinence d'un tel portrait, qui ne représente qu'une infime minorité des converties en France.

Trouver une femme partie pour un pays musulman, mais sécularisé – c'est-à-dire un pays où la charia ne s'applique pas forcément –, pour vivre sa foi et sa pratique me semblait plus intéressant. J'ai donc cherché une Française ayant fait l'« hijra ». L'hijra est un phénomène que l'on retrouve dans certains courants salafistes, qui consiste à partir en Terre d'islam pour pratiquer véritablement sa religion ; par exemple au Maroc, aux Émirats arabes unis ou encore en

Égypte. Selon Romain Caillet, chercheur et consultant sur les questions islamistes, il y avait environ 500 musulmans français installés en Égypte, salafistes, des deux sexes, convertis ou non. L'une de mes enquêtées est partie vivre un an au Maroc pour ces raisons, puis est revenue en France.

L'une des difficultés de ce projet a été d'obtenir la confiance de ces jeunes femmes, souvent fatiguées du discours des médias sur les converties. Un rapport de confiance qui a mis du temps à s'installer. Je les ai rencontrées une ou plusieurs fois ; certaines, de par l'éloignement, ont été contactées par téléphone. En échange, de mon côté, j'ai changé leurs noms, leurs lieux de résidence et de naissance. Certaines souhaitaient ne pas témoigner en leur nom, d'autres oui. Mais, pour uniformiser l'ensemble, toutes apparaissent sous des noms d'emprunt.

Un sentiment de responsabilité a accompagné tout ce projet, responsabilité vis-à-vis de ces femmes qui ont accepté de témoigner pour que d'autres visages de l'islam des convertis en France puissent se faire jour.

Les perceptions des converties au sein de la communauté musulmane

Outre mes rencontres avec ces jeunes femmes, j'ai également mené des interviews avec des leaders de la communauté musulmane, auprès des services de conversion des mosquées ou des associations d'« aide » aux converties. L'idée était de mieux comprendre le rapport que la communauté musulmane, dans sa grande diversité, entretient avec ses converties. Sont-elles accueillies, suivies, perçues positivement dans les mosquées et, plus généralement, auprès des musulmans culturels ?

La conversion est supposée être une bonne nouvelle au sein de la communauté musulmane, comme au sein de chaque religion. Pendant le ramadan, les convertis sont souvent mis à l'honneur. Comme le confirme Nabil Ennasri, président du Collectif des musulmans de France, de l'école dite réformiste (Frères musulmans) : « Très souvent pendant le ramadan, on invite un converti. »

Mais selon le type de personnes auquel on s'adresse, et son courant de pensée, la perception varie ! À la Grande Mosquée de Paris, le regard est peut-être plus inquiet envers la multiplication actuelle du nombre de conversions. Dalil Boubakeur s'efforce de replacer ces conversions récentes dans une longue tradition d'actes de foi envers l'islam partant du XIIe siècle de personnages illustres et intellectuels. Il me confie également le témoignage d'une religieuse catholique convertie à l'islam[1] – une femme spécialiste de théologie catholique romaine. Ce témoignage, qui date de 1985, constitue la préface de l'ouvrage rédigé par le père de Dalil Boubakeur.

Mais, pour lui, le 11 septembre 2001 a paradoxalement créé une boulimie d'islam : « Il est vrai qu'on a alors remarqué une boulimie d'islam, comme si 2001 avait provoqué à l'inverse une réaction d'intérêt pour cette religion. Ça a éveillé la curiosité des Européens, qui voulaient comprendre avant de se faire un jugement. »

Pour Dalil Boubakeur, la conversion qu'il tient en estime est un acte individuel, intellectuel, de foi et d'attrait de la pratique, et pas la conversion à un islam « politique » : « Il n'y a pas normalement de prosélytisme dans l'islam. La connaissance de l'islam se fait par des fréquentations, des lectures et l'expérience personnelle. La prière oui, avec sa simplicité, sa profondeur, et son engagement loin du monde,

1. Tahira Amat-Ul-Wahhab, « Préface », *in* Cheikh Si Hamza Boubakeur, *Traité moderne de théologie islamique*, Maisonneuve & Larrose, 1985. Ce livre, écrit par le père de Dalil Boubakeur, était notamment destiné aux nouveaux musulmans.

attire. » Une pratique qu'il trouve trop « rigoriste, ritualiste » chez certaines nouvelles converties, notamment celles qui portent la burqa : « Trop souvent, il y a, je ne dirais pas un trouble psychique, mais une insatisfaction, ou carrément un besoin de stabilité, une angoisse, une souffrance intérieure, qui, sur des terrains névrotiques... Parfois, ils sont tellement obsessionnels qu'ils en deviennent tyranniques... Après, il y a la volonté de fanatisme [...]. Pendant la loi sur la burqa, il y avait des femmes fanatisées – jusqu'à se considérer victimes – et prêtes à aller en prison. [...] Et puis il y a ceux qui utilisent la conversion comme destruction. Ça, c'est le problème actuel du fanatisme, de l'endoctrinement, de l'influence des sites internet... Le problème de tout ça c'est qu'il y a d'un côté l'islam, la religion, pas l'islam modéré, non ; et puis l'islam politique qui utilise la religion à des fins de conquête. La conversion ne devrait pas préparer des militants politiques. »

À Aubervilliers, le converti est, pour l'imam Aami Hassen, tout simplement un élu de Dieu, pas de distinction entre chacun : « Les convertis, ce sont des gens bien, car Dieu regarde dans nos cœurs, et quand on est élu par Dieu pour cheminer, ça veut dire que le cœur est sincère. » L'islam comme vérité, et apaisement, avec une conscience de la difficulté de la conversion à cette religion en particulier : « L'islam, c'est difficile à vivre, il y a de nombreuses obligations, le ramadan, etc., surtout dans un pays non musulman. Il faut vraiment avoir la foi pour pratiquer cette religion », affirme l'imam, lui-même marié à une convertie.

Les femmes sont, en tout cas, perçues comme des « cibles » par certains pans de la communauté, comme me le confirme la sociologue Agnès de Féo, auteur de documentaires sur les femmes en burqa[1], avec laquelle nous poussons la porte

1. *Sous la burqa*, Sasana Productions, 2010, et *Niqab hors la loi*, Sasana Productions, 2012.

des librairies de la rue Jean-Pierre-Timbaud à Paris dans le XIe arrondissement. Les étagères regorgent d'ouvrages uniquement destinés à la femme convertie, tel *Musulmane dans une famille française*[1]... Sans parler des livres de fatwas adressés aux femmes[2], sous forme de conseils pour son foyer, *Femme au foyer, redécouvre ton chez-toi*[3] : « La femme est le pilier de la société et l'axe principal du foyer musulman. C'est le premier éducateur des générations. Si elle est vertueuse, elle pourra faire en sorte que les générations suivantes soient bonnes, avec la permission d'Allah. Mais si elle dévie du droit chemin, la génération suivra sa trace. Le siècle dernier a connu de nombreuses évolutions dans la vie de la femme au niveau de son orientation, de ses agissements et de ce qu'on attend d'elle. » Les livres sont de couleur rose, parfois avec des petits cœurs sur la couverture, comme ce guide de conseils pour le mariage, *Les Règles du mariage. Le livre indispensable pour réussir son mariage*[4].

Isolement, suivi et risque de radicalisation

L'isolement de ces femmes converties est assez prononcé – surtout si elles ne font pas partie d'une famille musulmane dite culturelle. Elles se sentent clairement en infériorité par rapport à des personnes nées dans la religion musulmane. Elles manquent aussi d'amies pour se rendre à la mosquée. Par ailleurs, elles sont souvent en conflit avec l'un de leurs

1. Jacinthe Oum Jounayd, Éditions Orientica, 2009.

2. 'Amr 'Abd al-Mun'im Salîm, *Recueil de fatwas concernant les femmes*, Bruxelles, Éditions Al-Hadîth, 2011.

3. Hayâ al-Rashîd, *Femme au foyer, redécouvre ton chez-toi*, Bruxelles, Éditions Al-Hadîth, 2012.

4. 'Amr 'Abd al-Mun'im Salîm, *Les Règles du mariage. Le livre indispensable pour réussir son mariage*, Éditions Al-Hadîth, Bruxelles, 2013

parents, plus fréquemment avec le père, ce qui les éloigne de leur famille. Nabil Ennasri est conscient de l'isolement de ces femmes : « Pour tous les convertis que j'ai rencontrés, ça a été compliqué. Pour quelqu'un qui ne vient pas du tissu musulman, c'est violent de pouvoir l'annoncer. Et c'est peut-être encore plus compliqué pour une femme. Un homme, il arrive dans n'importe quelle mosquée, il peut se rapprocher d'un responsable. Pour une femme, ce ne sera pas possible. Et puis, soit la salle des femmes est fermée, soit il n'y en a pas. »

Car, à la différence des autres religions, ces conversions sont de fait beaucoup moins encadrées. Déjà parce que se convertir à l'islam est beaucoup plus simple et rapide que de se convertir au judaïsme, ou de se faire baptiser dans la religion catholique ou protestante, et qu'elles peuvent avoir lieu en dehors des institutions religieuses, comme évoqué plus haut. Lorsqu'elles ont lieu dans les mosquées, les institutions comme la Grande Mosquée de Lyon ou de Paris semblent avant tout soucieuses, disent-elles, d'attester le sérieux de la démarche de conversion. Cela peut se faire au cours de rencontres organisées au service religieux de la mosquée. Dalil Boubakeur me confie *Qu'est-ce que l'islam ?*, un guide d'une trentaine de pages à destination des musulmans francophones et des candidats à la conversion, visant à « fournir au public non musulman intéressé par l'islam des éléments de son histoire, de son actualité et quelques repères ou précisions permettant la restitution de la Révélation islamique dans le cadre des principales grandes religions monothéistes ». Mais même s'il est conscient du manque de suivi, Dalil Boubakeur déplore un relatif individualisme chez ces jeunes femmes. Il me confie avoir plusieurs fois tenté d'organiser des soirées spécifiquement réservées aux converties, mais sans succès.

En l'absence de référents familiaux, en l'absence aussi de connaissances théologiques claires et souvent même de la langue arabe, tout dépend donc du type d'islam auquel on se convertit. Et des rencontres que l'on fait au cours de son chemin de conversion… Le risque de radicalisation est évoqué dans la communauté, mais les autorités musulmanes ne s'attachent pas à canaliser l'éventuelle radicalisation de certaines néophytes, car la conversion en elle-même est peu encadrée. Cette préoccupation est en revanche présente chez les converties elles-mêmes : deux d'entre elles m'ont confié avoir eu un moment d'autoradicalisation, et souhaiteraient pouvoir en témoigner au sein de la communauté. Certaines mosquées comprennent l'intérêt qu'elles ont à encadrer ces jeunes femmes : soit pour ne pas les perdre, soit pour les faire entrer davantage dans la communauté musulmane, en leur proposant un mari. Certaines mosquées proposent un tuteur, qui organise une rencontre avec un musulman. Mais tout dépend des mosquées et des types d'islam.

Le suivi provient en réalité d'associations proches des Frères musulmans ou d'une lecture plus salafiste de l'islam. C'est dans le département de Seine-Saint-Denis que les associations d'aide et de soutien aux convertis semblent aujourd'hui les plus actives. L'association Oummati travaille à rassembler et à suivre ses converties. Malika Dif, elle-même convertie, sillonne la France pour aider les femmes converties. Des initiatives très récentes se développent par ailleurs, comme cette association américaine, *Mercy for Mankind*, qui s'implante en Seine-Saint-Denis. Son but premier : faire de la prédication de rue, du *street dawa*, comme en Île-de-France, place du Trocadéro. Avec autorisation de la préfecture, l'association distribue des tracts de 14 heures à 17 heures. Karim Abou Jidal, converti depuis dix ans et responsable de la prédication, détaille son programme : « L'idée c'est de leur donner les bases, de leur apprendre à faire la prière, pendant deux trois heures – parfois c'est le jour même de leur conversion – et puis ensuite on les dirige vers des mosquées, celles d'Ivry-sur-Seine. » L'association met notamment en ligne des témoignages de jeunes femmes converties[1].

Ensuite, pour garder les converties dans la foi musulmane, l'association propose une aide à celles qui sont exclues de chez elles, ou connaissent des difficultés. Une préoccupation très présente chez Yacine Djabri, fondateur de la branche française de l'association Miséricorde pour l'humanité : « Aux États-Unis, on sait que 60 % des gens qui se convertissent finissent par quitter l'islam. Ils se sentent délaissés. On connaît tous des convertis, et on sait tous leur détresse lors du ramadan. Les gens ont de la sympathie envers les convertis, mais ils ne peuvent pas les inviter tous les jours. Surtout le pire frein, c'est la famille, le frein principal aux conversions. Ça peut être des gens très bien mais qui ont une mauvaise image de l'islam, à cause des médias ou des musulmans eux-mêmes. Alors on leur dit : patience ! Soyez encore plus aimant avec vos parents, il faut faire preuve de pédagogie et ne pas se braquer. Il y a des milliers de femmes converties et pas mariées, mais, alors, surtout si elles portent le voile, on renie leur identité française : donc elles ne se sentent ni totalement intégrées dans la communauté musulmane, ni tout à tout à fait intégrées dans la communauté française. »

Comment les converties sont-elles perçues en dehors du monde musulman

Dans cette enquête, je me suis également tournée vers le monde catholique, car la plupart de ces femmes en sont issues. L'idée était de comprendre si ces conversions en nombre vers l'islam inquiétaient l'Église. En tant que

1. https://www.youtube.com/watch?v=nruExIShqBI.

journaliste, je suis le Vatican à Rome depuis un an. J'ai donc abordé cette question auprès d'un cardinal, et même au PISAI, l'Institut pontifical d'études arabes et d'islamologie à Rome. Impossible d'avoir des réponses hors *off* : le sujet dérange parce qu'il pose la question de la réciprocité du respect de la liberté religieuse, nombre de convertis au catholicisme en terre musulmane ne pouvant vivre tranquillement leur foi. Mais elle dérange aussi en France : difficile d'obtenir des réponses de la part de la Conférence des évêques de France. Finalement, c'est auprès de Mgr Dubost, président du Conseil pour les relations interreligieuses et les nouveaux courants religieux, que le dialogue a été le plus simple. Mgr Dubost est l'auteur de *Catholiques, Musulmans, une fraternité critique*[1]. Pour lui, la conversion est un sujet important, mais il ne veut en avoir ni un jugement positif ni un jugement négatif : « À partir du moment où on est pour la liberté de conscience, c'est un fait ! » Évêque du diocèse d'Évry-Corbeil-Essonnes, Mgr Dubost a l'habitude de rencontrer des convertis à l'islam. Et leurs propos l'interrogent, lui, homme de foi : « Il y a des convertis qui me disent : j'ai trouvé deux choses dans l'islam, une communauté et une spiritualité. » Un argument très présent dans les motifs de conversion, qui explicite bien les préoccupations et motivations d'une convertie à l'islam.

Les motifs de la conversion

Pourquoi ces femmes choisissent-elles l'islam ? Une religion pas très facile à assumer dans la famille d'origine, dans le milieu professionnel, pour celles qui pratiquent, dans l'environnement social, amical. Plusieurs motifs sont

1. Médiaspaul France Éditions, mai 2014.

généralement invoqués par les sociologues[1], entre la proximité avec des musulmans, le mariage, la démarche d'ordre spirituel ou l'engagement radical (islam d'opposition).

Reste que, même dans le cadre d'un mariage, le choix de la conversion reste à interroger puisque, comme on l'a vu plus haut, une femme issue d'une des religions du Livre n'a aucune obligation de se convertir pour pouvoir épouser religieusement un musulman.

J'ai retrouvé tous ces motifs au travers des onze femmes rencontrées – à part l'engagement radical. La chose intéressante est que ces motifs peuvent se cumuler, ils ne sont pas exclusifs l'un de l'autre.

Démarche spirituelle et quête de sens

Certaines des femmes que j'ai rencontrées vont vers l'islam au terme d'un long processus de quête spirituelle, après avoir étudié les autres religions. Dans ce cas, il s'agit de femmes qui ont toutes reçu une éducation chrétienne, qui souvent sont ou ont été croyantes. La question de la vie après la mort est abordée par la majorité d'entre elles – qu'il s'agisse d'une reconstruction post-conversion, ou d'une confession sincère. Le deuil et la perte d'un être cher sont aussi présents dans les récits de ces jeunes femmes. Mais cette angoisse existentielle n'explique pas le passage à l'islam : disons qu'il constitue un premier déclic. Quête de sens, mais aussi réponse à une détresse psychologique, à des accidents de la vie, au besoin de se construire en adhérant à quelque chose.

1. Motivations répertoriées notamment dans l'ouvrage fondateur de Stefano Allievi, *Les Convertis à l'islam. Les nouveaux musulmans d'Europe*, L'Harmattan, 1999.

Le mariage ou la rencontre amoureuse

Ces conversions à l'islam s'inscrivent pour moitié dans le cadre d'une rencontre amoureuse, bien que ces femmes s'en défendent parfois. L'autre moitié des femmes interrogées se sont converties seules. Mais celles qui se marient après une rencontre amoureuse ne se convertissent généralement pas avant le mariage religieux. La conversion intervient bien quelques années après, et très souvent au moment de la naissance du premier enfant. C'est à ce moment-là que le chemin de conversion peut s'initier. Avec des motivations différentes : certaines pour faire plaisir à la belle-famille, pour adopter la religion du mari et transmettre la même religion à leurs enfants...

La proximité avec les musulmans

Sans qu'il s'agisse d'une rencontre amoureuse à proprement parler, ce motif constitue dans mon échantillon un autre moteur important de la conversion. Le fait d'être invitée dans une famille musulmane à l'adolescence, de connaître la convivialité d'une communauté réunie autour de grandes fêtes, comme celle du ramadan, est un facteur très important de conversion. De manière significative, le ramadan revient dans quasiment tous les récits de conversion : il a séduit les futures converties. Mais aussi voir des amis faire rigoureusement leurs prières, avoir des exemples de pratiques assidues dans une société sécularisée, accompagnées d'une forme de piété que ces femmes disent ne pas avoir trouvée dans leur religion d'origine, souvent catholique.

Un changement de vie et de valeurs

Dans quelle mesure leur conversion à l'islam implique-t-elle un changement de vie et de système de valeurs ? D'après mes interviews, il y aurait trois façons d'articuler sa nouvelle identité musulmane avec son parcours d'avant. Certaines vivent leur islam en restant soucieuses de la laïcité à la française et sans changer de prénom – c'est-à-dire sans adopter de prénom de conversion. Beaucoup sont dans un entre-deux, abandonnant leur mode de vie passé, sans savoir si elles vont s'impliquer totalement dans l'islam – en portant le voile, par exemple. D'autres – principalement celles qui sont mariées avec un musulman de naissance – ont clairement adopté une pratique quotidienne et portent le voile.

Se pose aussi la question de l'égalité homme/femme et des droits de la femme au sein de l'union, voire de sa nouvelle communauté musulmane. Toutes n'ont pas connaissance du droit islamique en terme de mariage, de divorce, de dot, de polygamie ; mais la plupart ont plus ou moins étudié la question avant de se convertir. Celles qui abordent ces sujets et qui sont clairement instruites défendent l'idée que l'islam protège la femme, beaucoup plus que nos lois civiles contemporaines. Naima, convertie soufie, se place « sous la protection juridique de son mari ». Dans certaines visions de l'islam, comme c'est le cas pour Delphine, le mariage religieux « accomplit 50 % des obligations envers Dieu ». Le mariage prend un autre sens, il ne repose que sur la religion, les valeurs communes, l'éducation des enfants. Voilà pourquoi elle a accepté de se marier sans avoir jamais embrassé son futur mari, après l'avoir vu seulement quelquefois.

Par ailleurs, deux converties se reconnaissent dans la défense du féminisme musulman. Aussi surprenant que cela puisse paraître pour des non-spécialistes de ce champ d'études, les féministes musulmanes défendent l'idée que l'égalité hommes-femmes est au fondement de la religion musulmane. Avec cette idée qu'il faut distinguer l'islam de la culture des pays musulmans dans lesquels la religion a pris corps. L'islam serait une religion d'émancipation possible de la femme, de respect de la femme, loin des éléments de culture patriarcale qui ne relèveraient pas, eux, de la religion. Pour Assia, la polygamie est un exemple de pratiques pré-islamiques que l'islam est venu encadrer.

Quel est désormais leur rapport au politique ? Comment ces femmes vivent-elles leur islam dans l'espace public ? Quels sont les causes ou les combats qui viennent s'y associer ? Toutes n'ont pas d'engagement politique, ni même d'opinion claire sur les sujets d'actualité. Mais le combat pour la cause palestinienne revient régulièrement dans les discours. À ma connaissance, une seule a vraiment milité et s'est rendue en Palestine. Quels rapports entretiennent-elles avec les autres religions, en particulier avec le judaïsme et Israël ? Sans avoir de discours discriminant envers la communauté juive, j'ai souvent entendu des arguments allant dans le sens d'une condamnation d'une communauté perçue comme trop fermée, ou dans laquelle il leur avait été difficile d'entrer. Beaucoup racontent avoir hésité entre le judaïsme et l'islam, mais avoir choisi l'islam parce que plus ouvert à des personnes en démarche de conversion.

J'ai également voulu savoir ce qu'elles pensent de l'intégrisme, de l'État islamique, des attentats du 11 Septembre. Quel que soit le courant auquel elles appartiennent, avant la condamnation, il y a surtout l'idée que cette actualité stigmatise encore davantage leur nouvelle communauté. La raison pour laquelle elles ont du mal à se désolidariser de cette partie de la communauté qui commet des actes terroristes au nom de l'islam est claire, et c'est une convertie, Imane, qui l'a formulée : « C'est hyperdur de condamner d'autres musulmans, parce que, quand on a fait ce choix, on l'a fait parce qu'on se disait que c'était le meilleur. Et voir des gens combattre et donner un exemple médiocre de ce qui est pour nous le plus beau, c'est difficile. »

Toutes ont une opinion sur la laïcité à la française, malgré, parfois, une méconnaissance du combat pour la loi de 1905. Survient donc la question de l'articulation entre pratique religieuse et droit du travail, avec la multiplication des affaires, comme celle de la crèche Baby Loup. *Quid* de la loi de 2004 sur l'interdiction des signes religieux ostentatoires à l'école et de celle sur le port de la burqa ?

À travers chaque portrait singulier, chaque itinéraire de conversion et chaque parcours de vie, se posent ainsi des questions particulières, propres au type d'islam auquel chacune s'est convertie, mais aussi des questions communes, d'ordre politique, ou liées à la transmission de cette nouvelle religion à leurs enfants, pour celles qui en ont.

Delphine, Alsacienne catholique devenue musulmane, expatriée aux États-Unis

Delphine est née dans un village alsacien, elle en a même conservé un léger accent. Catholique, croyante et pratiquante jusqu'à l'adolescence, elle s'est convertie vers l'âge de 20 ans, après avoir rencontré des amis musulmans dans sa cité universitaire. La particularité de son itinéraire, c'est qu'elle s'est tout de suite mariée, peu de temps après sa conversion, avec un homme musulman avec lequel elle n'avait jamais été en couple. Notre entretien a eu lieu par Skype, car elle vit désormais dans une grande ville de la région des Grands Lacs. Sa vie entière repose aujourd'hui sur l'application de la charia et le respect des textes.

La religion dans la famille

Avant d'interroger chaque convertie, il semble important de comprendre le rapport qu'entretient sa famille avec la religion. Y a-t-il une religion qui a pu être transmise ? Y a-t-il eu au contraire un rejet de la religion dans la famille ? C'est dès les premiers âges de la vie en famille que la conscience religieuse se forme : rejet, curiosité, questionnement prennent corps dans le dialogue ou le non-dialogue ouvert avec les parents et éventuellement les grands-parents.

Delphine vient d'une famille de gauche issue de la classe moyenne, avec une mère communiste et un père socialiste et athée. Elle est née dans un petit village de 3 600 habitants, pas très loin des Vosges. « Une culture très terroir, villageoise, sans diversité culturelle... certains parlaient même le dialecte alsacien ! » raconte-t-elle. L'islam ne fait donc pas partie de son horizon culturel, mis à part les trois enfants musulmans qui sont dans sa classe – mais qu'elle dit n'avoir jamais identifiés comme musulmans à l'époque. Elle et son frère ont été élevés dans la tradition catholique. Delphine a été baptisée, a fait sa première communion, sa profession de foi, sa confirmation et souligne qu'elle est même marraine. Elle raconte avoir toujours cru en Dieu – mais s'en être un peu éloignée après son adolescence, soit de 16 à 20 ans. Étant née et ayant grandi en Alsace, où est toujours en vigueur le Concordat[1], elle a connu un système où l'État doit organiser un enseignement religieux dans les écoles. Elle a donc suivi cet enseignement en primaire, puis au collège. À côté, elle suivait également des cours de catéchisme une fois par semaine, à l'église, jusqu'à sa confirmation, à l'âge de 15 ans. Un apprentissage de la religion qu'elle définit elle-même comme « très guidé » : « Il n'y avait pas trop d'exploration personnelle, et il n'y avait pas la place pour le doute, dans la mesure où on ne te donnait que les morceaux choisis. Je n'ai jamais eu accès qu'à certains passages, à certaines paraboles. Parce que dès que je commençais à questionner, soit on me disait que je n'avais pas compris, soit que ma foi n'était pas assez forte. » Lorsque je lui demande ce qui, avec le recul, la gênait ou l'interrogeait, elle me répond – comme

1. Dans les départements du Haut-Rhin, Bas-Rhin et Moselle, la loi de 1905 ne s'applique pas. Ces trois départements étaient sous domination allemande de 1871 à 1918, au moment où la loi s'est appliquée en France.

la majorité des converties – que le concept de Trinité l'a toujours dérangée.

La question de la Trinité est un très bon exemple de ces éléments que les femmes mettent en avant dans le récit pour expliquer *a posteriori* leur conversion. Expliquer *a posteriori* ne signifie pas forcément qu'il s'agit d'un discours totalement reconstruit – même s'il est rare de s'interroger, jeune, sur le sens de la Trinité –, mais il peut être parfaitement conscient, fidèle à la réalité, sauf qu'il est par définition impossible d'en vérifier l'authenticité.

Adolescente, elle participe aux luttes sociales de sa mère qui l'emmène avec elle dans les manifestations. Sa mère est féministe : « Un féminisme où c'est la femme qui a le choix de sa trajectoire », explique Delphine. Engagée dans des associations comme les Restos du cœur, elle participe activement au Téléthon, et collecte de la nourriture pour Caritas[1]. Son souhait est donc de s'engager pour la justice sociale : son idée est d'être assistante sociale. Après avoir échoué lors de sa première tentative au concours d'entrée à l'École de formation des assistantes sociales, elle s'inscrit en Faculté d'administration économique et sociale à Mulhouse, puis réussit le concours la seconde fois. Entre-temps, elle dit s'être éloignée de l'Église qui n'apportait pas de réponses à ses questions. La mort de Jean-Paul II et la personnalité du pape Benoît XVI – moins ouvert sur le monde, plus dogmatique que son prédécesseur dans l'image qu'il renvoie – lui fait également prendre ses distances avec l'Église catholique.

1. C'est le Secours catholique, soit une association caritative qui dépend de l'Église catholique romaine. En Alsace, elle porte le nom de Caritas, mais, dans le reste de la France, on parle du Secours catholique.

Les rencontres amicales à la cité U et le chemin vers l'islam

Pendant toute la durée de ses études, Delphine vit en cité universitaire, dans une petite chambre de neuf mètres carrés. Beaucoup des autres résidents de la cité sont musulmans, français ou étudiants étrangers venus d'Algérie, du Sénégal ou encore du Burkina Faso. Le lieu de socialisation et le moment de rencontre sont la cuisine. C'est là qu'ils partagent des repas. Ils sont un noyau de quatre-cinq personnes, surtout des garçons, et puis il y a les copines ou les fiancées. Ses amis sont fiers de leur religion, et en parlent souvent ensemble : « C'était des gens, contrairement aux musulmans français, qui n'ont pas honte de leur foi, de leur religion, de leurs racines. Je n'avais pas l'impression qu'ils devaient en permanence se justifier. » Elle a peu de points de comparaison à l'époque, puisqu'elle ne connaît pas d'autres musulmans, mais leur attitude a très certainement développé chez elle un attrait et une curiosité pour cette religion, à laquelle rien ne la prédestinait. Leur pratique et la connaissance de la religion l'intéressent : « La religion, c'était quand ils commençaient les repas, quand ils allaient aux toilettes[1], la plupart d'entre eux priaient cinq fois par jour, et surtout, ils savaient expliquer la sagesse et la rationalité de ce qu'ils étaient en train de faire. C'était un acte volontaire et conscient qui était différent de l'apprentissage de la foi que moi j'ai eu. »

1. Il y a notamment des invocations en lien avec les « jnûn » à faire à ce moment-là. Les jnûn sont cités dans le Coran. Ce sont des êtres surnaturels, bienfaisants ou malfaisants, qui partagent le quotidien (cf. p. 146).

Le livre offert par son futur mari

La rencontre avec l'islam, mais aussi avec son futur mari, se fait dans cette cité universitaire : « Vers la fin de mon séjour en cité U, certains de mes voisins avaient fait venir un de leurs amis. Cette personne a vu que les questions que je posais étaient fouillées, qu'elles avaient une logique. Ça n'était pas pour les titiller. La fois suivante, c'est lui qui m'a amené le premier livre sur l'islam[1]. » Dans ce livre, Sidi Mohammed a simplement glissé un mot : « Pour répondre à certaines de tes questions. » Delphine est surprise, car c'est la seconde fois qu'ils se voient, mais elle est touchée par ce cadeau, même si elle se dit « intimidée » par ce garçon dont elle ne sait rien, mis à part qu'il est en doctorat de biologie. Elle se met à lire ce livre qui s'appuie sur les sources de la Bible pour débattre de la nature de Jésus. En clair, le propos est de s'appuyer sur les éléments de la Bible qui prouvent selon l'auteur que Jésus n'a pas de nature divine ; mais également de présenter la vie exemplaire de Mohammed avant qu'il ne devienne Prophète.

Influence ou non de ses discussions avec Sidi Mohammed, Delphine dit s'être posé beaucoup de questions sur le rapport entre la science et Dieu. Son chemin vers l'islam, elle a tendance à le présenter comme un chemin « cartésien » – c'est d'ailleurs ainsi qu'elle se définit. Un chemin fait de questionnements, de recherche de preuves et de validations théoriques… Elle cherche notamment intellectuellement à comprendre pourquoi la religion catholique se serait, selon elle, trompée. Un livre est important dans son cheminement, écrit par un chirurgien converti à l'islam,

1. Claude Coulibaly, *Le Prophète de l'islam. Envoyé de Dieu ou imposteur ?*, Éditions Ennour, 2006.

Maurice Bucaille, *La Bible, le Coran et la science. Les Écritures saintes examinées à la lumière des connaissances modernes* – livre que la femme de l'imam d'Aubervilliers, également convertie, m'avait déjà cité[1]. La thèse de ce livre, qui lui a été offert par l'un de ses amis, est de démontrer que le Coran est conforme aux découvertes et connaissances scientifiques modernes. Le livre compare en outre la Création entre la Bible et le Coran – en tendant à affirmer que le récit du Coran est beaucoup plus plausible et nuancé que le récit de la Genèse, tel qu'il en est fait dans l'Ancien Testament.

Un soir, Delphine est invitée à un repas pour fêter le départ de Sidi Mohammed, qui vient d'apprendre qu'il a obtenu un post-doctorat aux États-Unis. Au cours de ce repas, ils discutent ensemble de ce rapport entre science et foi. La grande question de Delphine est de réussir à comprendre pourquoi le Coran n'aurait pas été altéré, à l'inverse de la Bible. Sidi Mohammed lui explique alors la supposée rigueur dans la chaîne de transmission du Coran. Delphine est très à cheval sur les questions de traduction, de réception, de transmission des textes : cet argument revient souvent dans son récit, car c'est son principal argument pour expliquer que les chrétiens se trompent, et que l'islam a raison. En clair, le message originel de la Bible aurait été altéré. Seul l'islam aurait su être au plus près de la parole de son Prophète, Mohammed : « Déjà du

1. Seghers, 1976. Chirurgien, Maurice Bucaille est lui-même converti à l'islam. Son livre a eu un énorme succès, bien que critiqué, et a été traduit dans plusieurs langues, aujourd'hui édité en poche. Jean-Pierre Filiu, dans son ouvrage *L'Apocalypse en islam*, Fayard, 2008, le mentionne comme auteur « prétendant opposer les incohérences factuelles des textes chrétiens à la conformité du Coran avec la science moderne ». Il ajoute que sa thèse est devenue populaire chez les prêcheurs musulmans, ayant même été diffusé en Afrique francophone par l'intermédiaire de la Libye, et via l'Association mondiale pour l'appel islamique, en 1991.

temps du Prophète, il y avait des gens qui écrivaient le Coran, c'est-à-dire que ce qui est transmis aujourd'hui a été mis sur le papier du temps où le Prophète était encore en vie… » La fois suivante, Sidi Mohammed lui offre un exemplaire du Coran. « Vois par toi-même, c'est le meilleur moyen », lui dit-il.

Alors qu'elle est déjà en plein questionnement, du côté de sa vie privée, Delphine quitte la cité U pour aller s'installer avec son petit ami de l'époque, alsacien et catholique comme elle : elle pense alors se marier avec lui, ils s'entendent bien, elle est reçue dans la belle-famille… Mais elle se rend déjà compte du décalage qu'il y a entre sa quête spirituelle et la vision de son ami : « Ça a des implications morales de croire ou de ne pas croire ! Moi ça me posait problème, car il croyait, mais ce n'était pas très important pour lui. »

Le statut de la femme en islam comme argument de conversion, selon Delphine

Les musulmans, pour Delphine, traitent la femme avec plus de respect que les non-musulmans. Une réflexion qui naît chez elle de la comparaison avec ses amis : « Ils ne font pas de commentaires sur ton corps, ils ne vont pas regarder les parties de ton corps que tu n'as pas cachées. Mes amis musulmans ne se sont jamais permis des choses que des garçons de 20 ans se permettaient avec moi, ça m'a impressionnée positivement, car j'ai vu du respect et de la retenue. »

Une expérience qu'elle corrèle au texte coranique : pour elle, le Coran protège la femme. Un discours que j'ai entendu chez d'autres converties. Lorsqu'elle lit le Coran pour la première fois, elle raconte avoir été surprise par la sourate sur le divorce : « Un homme ne peut répudier sa femme comme il veut, il doit se séparer d'elle dignement, et doit subvenir à ses besoins. L'islam protège la femme. La femme, elle, a le droit de demander le divorce, et elle n'a pas besoin d'autant de conditions que son mari. Un homme ne peut pas demander le divorce juste parce qu'il n'aime plus sa femme. De toute façon, il n'y a pas de discrimination entre homme et femme dans le Coran : celui qui est le mieux armé de Dieu c'est celui qui est le plus pieux. Donc les droits sont les mêmes, mais pas les devoirs. L'homme a beaucoup plus de devoirs matériels que l'inverse. » Elle m'envoie également les sources coraniques et les récits de la vie du Prophète qui traitent de l'arbitrage entre un mari et une épouse dans le cadre d'un divorce[1].

À contre-courant de ce qu'elle avait jusqu'alors imaginé, Delphine dit que ces découvertes ont pour elle été le vrai « déclencheur de sa conversion » : « C'est à partir de là

1. S. 4 v. 35 : Si vous craignez le désaccord entre les deux [époux], envoyez alors un arbitre de sa famille à lui, et un arbitre de sa famille à elle. Si les deux veulent la réconciliation, Dieu rétablira l'entente entre eux. Dieu est certes Omniscient et Parfaitement Connaisseur.

S. 65 v. 6-7 : Et faites que ces femmes habitent où vous habitez, et suivant vos moyens. Et ne cherchez pas à leur nuire en les contraignant à vivre à l'étroit. Et si elles sont enceintes, pourvoyez à leurs besoins jusqu'à ce qu'elles aient accouché. Puis, si elles allaitent [l'enfant né] de vous, donnez-leur leurs salaires. Et concertez-vous [à ce sujet] de façon convenable. Et si vous rencontrez des difficultés réciproques, alors, une autre allaitera pour lui. 7 : Que celui qui est aisé dépense de sa fortune ; et que celui dont les biens sont restreints dépense selon ce que Dieu lui a accordé. Dieu n'impose à personne que selon ce qu'Il lui a donné, et Dieu fera succéder l'aisance à la gêne.

« La femme de Thabit ibn Qays vint au Prophète (paix de Dieu soit sur lui) et dit : "Je ne lui reproche rien ni en comportement ni en religion, mais je déteste la mécréance dans ma religion (je n'éprouve pas d'amour envers lui et je crains de tomber dans la désobéissance)." Alors, le Prophète dit : "Lui rendrais-tu son jardin ?" Elle dit : "Oui." Le Prophète dit [s'adressant à Thabit] : "Reprends ton jardin et divorce d'avec elle." » (Hadith authentique, rapporté par Al Bukhari, n° 5273.)

que je me suis dit, ce livre ne peut être que l'œuvre de Dieu. Et de là, beaucoup de choses en découlent : il faut l'appliquer. » Elle se rend compte qu'elle s'éloigne de son petit ami, et le quitte.

Le parcours de conversion, l'adoption des pratiques religieuses et sociales et le mariage

De son côté, Sidi Mohammed doit désormais partir aux États-Unis. Même s'ils se connaissent peu, avant son départ, il demande à Delphine de la voir une dernière fois. Rendez-vous est pris dans un café – dans sa pratique, le tête-à-tête avec une femme n'est pas autorisé, sauf s'il se tient dans un lieu public. Il lui propose alors de l'épouser : « Je pars demain, je vois que tu t'intéresses à l'islam, je pense que tu es le genre de femme que je veux pour épouse et je veux t'épouser. » Interdite, sa seule réaction est alors de refuser la proposition : « J'étais tellement sous le choc, moi je m'attendais à lui dire simplement au revoir. Et puis, je venais de me séparer la même semaine. » Il lui demande néanmoins d'y réfléchir durant deux ou trois mois. Et échange avec elle sur sa vision de la vie, à savoir ses ambitions professionnelles, et le futur modèle éducatif qu'il entend donner à ses enfants. « Pour que je puisse prendre ma décision », m'a-t-il dit. Mais avant de savoir si elle va ou non accepter sa proposition, elle décide de réfléchir, d'avancer seule, tout en gardant un contact téléphonique avec lui.

Le parcours de conversion

Elle termine la lecture du Coran, et commence à poser des questions dans son entourage sur le quotidien de la femme en islam. Dans son école d'assistante sociale, elle a une amie qui est également convertie. « Ma question était : qu'est-ce que ça veut dire pour une femme de culture occidentale d'embrasser cette religion ? On voyait à quel point ça la rendait heureuse, qu'elle était fière de sa religion, et comment la pratique au quotidien soutenait sa foi sur le long terme. »

Delphine se pose notamment la question du voile : « Moi dans mon esprit, ça n'était pas aussi clair qu'il fallait se couvrir la tête. Mais en fait quand on lit le verset, il est clair. Pour préserver son honneur, et garder le meilleur pour son mari, il faut porter le voile. » Pour elle, le voile est donc une obligation, aussi elle commence à le porter. Elle se présente même à un entretien d'embauche au conseil général dans le cadre de sa formation d'assistante sociale en étant voilée – par naïveté, selon ses propres termes : « Je connaissais les règles, mais de manière naïve, le matin où je suis sortie, j'ai suivi ma routine, je n'avais jamais été dans cette situation auparavant. Au sein de l'école je portais le foulard et ça n'avait posé de problème à personne. » Un entretien au cours duquel elle se voit refuser le stage parce qu'elle est voilée, mais son école réussira finalement à lui faire obtenir son stage.

Cette amie lui montre comment faire la prière, les ablutions rituelles, puis l'accompagne à la mosquée. Elle prie, et récite la shahada à la mosquée de manière non officielle – pour elle, pas besoin de réciter la shahada de manière officielle puisque le croyant la récite chaque fois qu'il fait sa prière. Elle obtient son certificat de conversion un mois plus tard auprès de la mosquée. À ce moment-là, Delphine annonce à sa famille qu'elle a choisi l'islam. Elle décide symboliquement de réciter la shahada devant sa mère et son frère. Les réactions dans sa famille sont contrastées. Son père voit dans cette conversion un intérêt passager. Sa mère comprend que c'est une exploration personnelle et spirituelle, mais ne prend pas la mesure des implications que ce choix va avoir sur la vie de sa fille. Son frère la défend et la protège. « Je viens d'une famille où on ne parlait pas beaucoup de religion et, d'un seul coup, on en parlait à tous les repas ! » Une fois sa conversion actée, Delphine en parle à Sidi Mohammed, qui la félicite : « J'ai senti qu'il était très heureux, pas pour lui mais pour moi. Il en a même parlé à sa famille. Ils lui ont demandé que je fasse des prières pour eux. » Il lui explique alors le sens de cette demande : lorsqu'on entre en islam, tous les péchés seraient effacés. De surcroît, le converti est dans un état où ses prières sont toutes acceptées par Dieu. Le fait que cette famille musulmane prenne autant au sérieux sa condition de convertie l'honore et la touche. C'est leur dernière conversation avant qu'elle lui fasse part de son intention d'accepter sa demande en mariage. Il ne se passe finalement que deux-trois semaines au cours desquelles elle vit seule sa foi : « J'ai vu au quotidien ce que la religion m'apportait, ça m'apaisait. Mais la pression de l'extérieur par rapport à ce changement-là, ce n'est pas facile à vivre seul. Il est d'ailleurs conseillé de ne pas s'isoler, car ce n'est pas simple ni avec sa famille, ni dans la vie de tous les jours… » Elle comprend que la voie va être difficile en tant que convertie célibataire : « J'ai alors réalisé que Dieu avait mis cet homme sur ma route. C'est lui qui m'a donné mon premier livre sur l'islam. J'ai alors réalisé que les modèles éducatifs, les ambitions personnelles et professionnelles s'alignaient. En termes d'objectifs de vie, je savais que ça collait. En termes de caractère, il fallait faire le pas. » Pour franchir ce pas, Delphine récite une prière dédiée à la décision. Et accepte. Les valeurs communes, sans même s'être embrassés, l'ont emporté.

L'amour en islam

Dans la pratique de l'islam de Sidi Mohammed, les relations sexuelles avant le mariage de même que les situations dites ambiguës qui pourraient mener à ce qui est dénommé la « fornication » sont fortement déconseillées. Un modèle à mille lieues de l'éducation de Delphine, qui, bien que catholique, vient d'une famille « libertaire », comme elle la définit elle-même : « J'ai eu des passions amoureuses, pour mes parents ça n'était pas un problème que j'aie des petits copains. » Elle utilise le terme de « passion amoureuse » pour distinguer ces histoires de son amour pour son mari, car, dans l'islam, l'amour ne peut être atteint que dans le mariage, m'explique-t-elle : « Il y a un hadith du Prophète qui dit que le mariage en islam accomplit 50 % de la religion, par le soutien de l'un à l'autre, la construction de la famille… C'est un acte d'adoration de se marier. »

Delphine récuse aujourd'hui la définition des relations d'amour à l'occidentale, hors religion : « Côtoyer quelqu'un pendant plusieurs mois pour au final se rendre compte que, sur les choses de la vie, on n'est pas d'accord, ça fait mal. »

Je lui demande si elle pense que son futur mari était alors amoureux d'elle. « Il avait un intérêt, une attirance, mais après notre mariage il m'a surtout dit qu'il avait vu que j'avais bon cœur. » Elle m'envoie également des sources coraniques traitant de l'amour en islam[1], un amour qui doit prendre exemple sur l'amour du Prophète pour deux de ses épouses. Delphine tient à citer la figure de Khadija, qui est la première à avoir cru en Dieu lorsqu'il a reçu la Révélation, puis cite également l'amour du Prophète envers Aïcha, la plus jeune de ses épouses et celle qui est la plus citée dans les récits prophétiques. Il est notamment rapporté que le Prophète met en avant son amour pour sa

1. S. 30 v. 21 : Et parmi Ses signes Il a créé de vous, pour vous, des épouses pour que vous viviez en tranquillité avec elles et Il a mis entre vous de l'affection et de la bonté. Il y a en cela des preuves pour des gens qui réfléchissent.

femme, lorsque ses compagnons lui demandent quelle est la personne qu'il préfère[1].

Forte de ces convictions sur l'amour dans l'islam, elle écrit un mail à Sidi Mohammed, dans lequel elle lui annonce sa décision. « Pour lui, le plus tôt était le mieux, mais j'ai décidé de ménager ma famille. On s'est donné sept-huit mois. » Elle annonce donc à sa famille son intention de se marier, à condition qu'eux n'aient pas d'opposition, puis leur présente Sidi Mohammed via Skype, qui leur demande officiellement sa main par écran interposé. La première réaction de sa mère est de tenter de ralentir le tempo : « Mais pourquoi y a-t-il besoin d'aller aussi vite ? » demande-t-elle. De son côté, son père comprend alors que le chemin vers l'islam qu'a entrepris sa fille a quelque chose d'irréversible. Mais ils ne s'opposent pas à cette union, précisément en raison de leurs valeurs, comme le dit Delphine : « Selon leur culture à eux, ils ne peuvent pas dire non. » Sa grand-mère court tout de même lui acheter le livre *Jamais sans ma fille*. L'imaginaire de *Jamais sans ma fille* pèse dans

1. Hadith décrivant Khadija et sa confiance en Dieu et en la sincérité de son époux, le prophète Mohammed : « … Le prophète revint avec le [premier] verset [qui lui fut révélé] en tremblant jusqu'à ce qu'il entra chez Khadija et demanda : "Enveloppez-moi ! Enveloppez-moi !" Ils l'enveloppèrent [de couvertures] jusqu'à ce que l'angoisse s'estompe. Puis il dit à Khadija : "Ô Khadija, que m'arrive-t-il ?" et il lui conta sa rencontre [avec l'ange Gabriel] et dit : "J'ai peur pour moi-même." Elle lui dit : "Non, réjouis-toi ! Car par Dieu il ne te châtiera jamais : par Dieu tu veilles aux liens de parenté, et tu ne dis que la vérité, et tu aides le faible, et tu donnes l'argent aux démunis, et tu honores l'invité, et tu aides les gens en difficulté…" (Hadith authentique, rapporté par Mouslim, n° 160.)

Hadith décrivant un exemple de l'amour du prophète pour Aïcha : « On demanda au prophète "Qui est la personne la plus aimée de toi ?" Il répondit : "Aïcha." Ils dirent : "Et parmi les hommes ?" Il répondit : "Son père [Abou Bakr]." » (Hadith authentique, rapporté par Al Albani, dans Sahhi Al Tarmidhi, n° 3886.)

les rapports entre les converties et les familles. Une autre convertie m'a raconté avoir reçu ce livre en cadeau quand elle a annoncé qu'elle se mariait avec un musulman de naissance. Passé le « choc », ses parents décident de l'aider à organiser le mariage. Les mariages religieux et civil ont lieu le même jour. Le mariage religieux a lieu dans une salle polyvalente. Ils partent ensuite en voyage de noces en Égypte.

Être une convertie musulmane française aux États-Unis

Juste après son mariage, Delphine part vivre aux États-Unis avec son mari. C'est un peu le parcours du combattant qui commence pour elle, car son diplôme d'assistante sociale qu'elle vient juste d'obtenir ne lui sert à rien – il n'est pas reconnu dans le pays. Elle suit durant un an des cours d'anglais de manière intensive, reprend ensuite des études par correspondance en France, valide un master en administration des entreprises, donne des TD à l'université, et en parallèle multiplie les stages. Elle me confie que son mari l'a encouragée à poursuivre ses études, sans se contenter de jobs alimentaires, et qu'il a soutenu le foyer financièrement. Aujourd'hui, elle travaille pour une entreprise mondiale de réseau de paiement. Son salaire est élevé.

Même si elle a finalement peu vécu en France une fois devenue musulmane, Delphine est heureuse de vivre dans ce pays où elle dit n'avoir jamais eu aucun problème : « Depuis le premier jour aux États-Unis, j'ai toujours porté le voile, je n'ai eu aucune question, je peux prier sur mon lieu de travail facilement. En France, c'est tellement difficile. » Elle n'est d'ailleurs rentrée qu'une seule fois en France depuis son départ en 2009. Ses parents, eux, sont venus après la naissance de son fils.

Sa vie et son rythme ressemblent à ceux de la middle class américaine, l'islam en plus : son mari est devenu consultant, voyage beaucoup ; elle travaille, et fait du sport tous les jours. Mais pour des raisons religieuses ! « Nos corps ne sont que des dépôts et il faut qu'on en prenne soin », m'explique-t-elle. Donc tous les soirs, elle fait de l'aérobic, des pilates ou de la musculation légère. Son mari rentre le jeudi soir de ses déplacements professionnels, va à la mosquée le vendredi. Elle y va de son côté lorsqu'elle trouve le temps pour s'y rendre. Deux fois par mois, ils suivent ensemble un cours de science islamique. Leurs amis sont tous musulmans. Ils pensent mettre leur fils dans un établissement public, mais voudraient lui faire suivre un cursus additionnel en arabe et en français, ainsi que des cours de religion.

L'État islamique et l'éthique de guerre en islam

Je lui pose la question de savoir si la situation n'a pas été compliquée à vivre en tant que musulmane aux États-Unis avec l'actualité de l'État islamique. Une question difficile pour les converties qui vivent en France, mais qui ne l'a pas été pour elle : « Personne ne m'a rien demandé. Une collègue m'a dit : "Ces gens-là sont tarés. On sait que vous, vous n'êtes pas comme ça !" Le Tea Party à la rigueur utilise ce genre d'argument pour dire qu'il faut combattre l'islam, mais je n'ai pas eu de problèmes. » Je lui demande alors ce qu'elle en pense, personnellement, en tant que musulmane. Sa réponse est claire, mais elle est agacée par cette émotion occidentale trop sélective selon elle : « L'islam même en temps de guerre interdit de toucher aux civils, encore plus aux femmes et aux enfants. Décapiter un journaliste, ça n'a clairement aucune source islamique. Ces gens-là, au-delà, tuent des musulmans. Et en islam, le meurtre est interdit, et ça compte aussi pour les 200 000 Syriens morts du fait de Bachar el-Assad. Et là, il n'y a pas eu d'émotion occidentale ! Moi je ne fais pas de différence, mais, dans les médias, il y a une différence. » Puis Delphine me renvoie un mail dans lequel elle m'explique les sources coraniques de l'éthique de guerre en islam : « Les savants musulmans s'appuient sur ce verset : "Combattez dans le sentier de Dieu ceux qui vous combattent, et ne transgressez pas. Certes, Dieu n'aime pas les transgresseurs !" Ils en ont conclu qu'il est interdit de combattre les peuples qui n'ont pas déclaré la guerre aux musulmans ; et également les non-combattants (femmes, enfants, personnes âgées, prêtres, rabbins et autres personnes religieuses) quand bien même ils feraient partie d'un peuple ayant déclaré la guerre aux musulmans. » De la même manière, elle cite le verset concernant les prisonniers de guerre et le traitement qui devrait leur être réservé[1].

Pour l'instant, elle et son mari n'envisagent pas de rentrer en France. « Aujourd'hui ici aux États-Unis, je me sens respectée et productive. Je sens que je peux apporter à la société. Si un jour ce contexte change, peut-être... Mais pour l'instant, en France, le contexte ne me paraît pas favorable. » Hors de question également d'aller vivre en Algérie, le pays natal de son mari : « C'est un pays non démocratique, dirigé par une caste militaire avec beaucoup de corruption, où il serait difficile d'avoir une vie tranquille. »

1. En parlant des musulmans vertueux : « Et [ils] offrent la nourriture qu'ils aiment et dont ils ont besoin au pauvre, à l'orphelin et au prisonnier, [disant] : "C'est pour la récompense de Dieu que nous vous nourrissons : nous ne voulons de vous ni récompense ni gratitude" (Coran, S 76, v. 8-9). Le prophète a dit : "Prenez bon soin des prisonniers [de guerre]". » (Hadith jugé bon, rapporté par Al Sayuti dans Aljami' Alsaghir, n° 1009.)

La vie comme épreuve de Dieu

La vie de Delphine est tout orientée vers la préparation de sa vie après la mort. Elle le mentionne plusieurs fois dans son récit de conversion : « La vie d'ici-bas est un test, une épreuve, ça n'est pas le prélude au Paradis. » Elle pose alors la question de la cause des épreuves que Dieu envoie sur Terre : « Si Dieu est amour et miséricorde, pourquoi y a-t-il autant de maladies et de misère ? Tout le monde aura sa part d'épreuves. Dieu ne donne d'épreuves à une âme qu'au niveau de ce qu'elle peut supporter. »

Pour ce faire, elle s'applique à suivre les avis des savants islamiques, et principalement ceux émanant de deux instances juridiques occidentales contemporaines, tendance Frères musulmans : le Conseil européen de la Fatwa présidé par le Cheikh Youssef al-Quaradawi[1] et l'Islamic Society of North America. Elle connaît les quatre grandes écoles de jurisprudence islamiques, ainsi que certains de leurs avis[2]. Elle défend l'idée que les décisions juridiques doivent être ramenées à leur contexte, c'est la raison pour laquelle elle suit ces écoles occidentales. « Aucun pays, aucun État dit musulman aujourd'hui ne suit la situation de ce qu'était le temps du Prophète. Moi je ne regarde pas ce que fait un

1. Égyptien, naturalisé qatari, ce prédicateur vedette de la chaîne Al-Jazeera est l'un des plus connus du monde sunnite. Nicolas Sarkozy avait demandé au Qatar qu'il ne vienne pas en France au moment du Rassemblement de l'UOIF au Bourget d'avril 2012, à cause des propos qu'il avait tenus sur la Shoah après la tuerie de Mohammed Merah. « Nicolas Sarkozy interdit la venue d'un prédicateur islamique », L'Express.fr, http://www.lexpress.fr/actualite/politique/nicolas-sarkozy-interdit-la-venue-d-un-predicateur-islamique_1097708.html.

2. Maliki, Chafi'i, Hanafi et Hanm'bali. Elle s'appuie sur l'avis Hanafite pour m'expliquer comment l'avortement est autorisé dans les cent vingt jours, soit trois à quatre mois.

pays pour dicter ma foi. Je regarde par rapport à l'avis de savants qui ont connaissance de mon contexte, et puis il y a le sens critique. Dieu nous ordonne d'utiliser notre cerveau dans le Coran. »

Je lui parle alors des peines infligées aux femmes dans certains pays, comme en Arabie Saoudite : « Les peines dans l'islam ne sont pas punitives, elles sont dissuasives, et ça ne devrait pas se passer aussi facilement que ça se passe. En Arabie Saoudite, par exemple, il y a des éléments de religion qui se mélangent avec des éléments de culture », me répond-elle, ajoutant qu'elle n'est pas qualifiée pour commenter.

Les autres croyants, à commencer par sa famille, ont-ils pour elle accès au Paradis ? « Ayant des parents qui ne sont pas très proches de Dieu, c'est quelque chose qui n'est pas toujours facile… Dieu guide qui il veut. L'islam parle des gens du Livre et de ceux qui ne croient pas. La première condition, pour espérer le Paradis, c'est qu'il faut y croire. Il y a des versets qui parlent des chrétiens dans le Coran, d'avant l'arrivée et durant le message[1]. » Après la Révélation du Prophète, les chrétiens ont peu de chance d'aller au Paradis, puisqu'ils ont fait de Jésus un Dieu – dans cette lecture.

1. S. 3 v. 84-85 dit : « Nous croyons en Dieu, à ce qu'on a fait descendre sur nous, à ce qu'on a fait descendre sur Abraham, Ismaël, Isaac, Jacob et les Tribus, et à ce qui a été apporté à Moïse, à Jésus et aux prophètes, de la part de leur Seigneur : nous ne faisons aucune différence entre eux ; et c'est à Lui que nous sommes soumis. » 85 : « Et quiconque désire une religion autre que l'Islam, ne sera point agréé, et il sera, dans l'au-delà, parmi les perdants. »

S. 2 v. 62 : « Certes, ceux qui ont cru, ceux qui se sont judaïsés, les Nazaréens, et les Sabéens, quiconque d'entre eux a cru en Dieu au Jour dernier et accompli de bonnes œuvres, sera récompensé par son Seigneur ; il n'éprouvera aucune crainte et il ne sera jamais affligé. »

Delphine a accepté de me parler pour « transmettre l'information », en clair, transmettre la religion musulmane. « Même si je ne suis pas porte-parole de la communauté, je suis un peu ambassadeur en te parlant. » Voilà pourquoi Delphine m'a transmis toutes ces références au texte ou aux hadith : « Pour que tu saches que je ne parle pas sans preuves. » Elle m'a d'ailleurs transmis ce hadith : « Transmettez de moi ne serait-ce qu'un verset[1]. »

1. Hadith n° 2837 rapporté par Al Albani dans Sahih Al Jami'.

La tradition inventée : Perrine, mariée à un converti

Perrine est une jeune journaliste d'une trentaine d'années ; elle vit en banlieue parisienne. Elle représente cette catégorie de femmes converties après une démarche personnelle de quête de sens, accompagnée par des rencontres amicales avec des musulmanes.

Comment expliquer la conversion de cette jeune femme qui travaille dans une grande rédaction parisienne, alors que l'islam nous semble *a priori* bien loin de pouvoir faire irruption dans ces lieux ? Un ensemble de facteurs, qui peuvent être communs à de nombreux parcours de femmes aujourd'hui : des interrogations existentielles comme celle de la vie après la mort, un facteur conjecturel comme la proximité avec les musulmans dans sa jeunesse passée en région parisienne, mais aussi une vraie curiosité et un intérêt pour les traditions familiales, et notamment pour le ramadan, lorsqu'elle est invitée dans les familles de ses amis.

Aujourd'hui, Perrine, mariée à un converti, tente de faire vivre sa propre famille dans l'islam, une religion qui lui était totalement étrangère. Être mariée à un converti est très rare chez les converties que nous avons pu rencontrer et que la littérature décrit. En général, les femmes converties se marient à des musulmans culturels, soit parce que ce sont ces hommes qui les ont amenées vers la religion, soit parce qu'elles cherchent à intégrer la communauté musulmane en épousant un musulman de naissance. Ensemble, elle et son mari apprennent une tradition religieuse qu'ils ne connaissaient pas. Perrine incarne bien les difficultés d'une convertie qui ne vit pas dans une famille musulmane, l'isolement lui pèse. Elle représente aussi ces jeunes femmes converties qui défendent un islam intime, pratiqué dans la sphère privée, et donc soucieux de respecter la laïcité à la française.

La religion au cœur des enjeux familiaux

La famille de Perrine est empreinte de catholicisme : le père de Perrine est né d'un père ouvrier communiste, et d'une mère catholique italienne. La mère de Perrine est née à Saint-Germain-en-Laye dans un milieu très catholique, et élevée par ses grands-parents. Mais la transmission du catholicisme est loin d'être évidente ou automatique dans sa famille. Sa mère a totalement rejeté la religion, tout en nourrissant beaucoup de respect pour ses grands-parents. Pour cette raison, elle baptise sa fille, à l'âge de 2 ans. De la même manière, le couple s'est marié à l'église, pour ne pas froisser la famille.

Et pourtant, Perrine qualifie elle-même ses parents d'« athées ». Un athéisme « ouvert » dans le cas de son père, qui est curieux des religions, de la richesse de leur patrimoine historique. Il propose souvent à sa fille d'entrer dans des églises. Au-delà du patrimoine culturel que constituent les religions, il est aussi fasciné par le côté mystique de la foi. L'athéisme de sa mère est plus critique envers le catholicisme en particulier. Alors durant sa jeunesse, Perrine ne reçoit aucune éducation religieuse, et ne prépare aucun des sacrements comme la communion privée ou la profession de foi.

Quête de sens et angoisse existentielle

Enfant, Perrine a aussi une angoisse existentielle : l'angoisse de mort, qui l'empêche de respirer le soir, dans son lit. À l'âge de 5 ans, Perrine raconte être plusieurs fois entrée dans la chambre de ses parents, en demandant : « Mais que se passe-t-il après la mort ? » Et d'avoir dû composer avec cette réponse abrupte de son père : « Il n'y a rien. C'est la vie, on vit, on meurt, c'est comme ça. » Spirituellement, comme beaucoup d'enfants, elle n'a en réalité aucune ressource pour affronter la question.

En revanche, dans l'esprit de ses parents, Perrine possède la base pour faire partie de la communauté catholique, si tel est son souhait à l'âge adulte : les vœux du baptême. Pour eux, ce qui compte désormais dans son éducation, et sa future émancipation, c'est qu'elle fréquente une école publique, socialement mixte. Et c'est précisément la rencontre avec la diversité sociale et culturelle à l'école qui prédétermine Perrine à la conversion à l'islam. Ses parents l'inscrivent dans un collège des Yvelines, mêlant classes moyennes et habitants de HLM, avec beaucoup de fils d'ouvriers de chez Renault venus du Maghreb et d'Afrique de l'Ouest.

Perrine est une excellente élève, et, pour elle, pouvoir fréquenter des jeunes venus de quartiers « chauds » est transgressif. « Comme j'avais des amis musulmans, j'étais curieuse de leur culture, pas de leur spiritualité. Il y avait un truc communautaire, familial... J'étais heureuse de pouvoir faire partie d'un groupe où je n'étais pas acceptée de premier abord. Parce qu'au départ, quand certains apprenaient que moi j'habitais en pavillon, ils ne m'acceptaient pas. »

Une lutte des classes teintée d'un petit rejet identitaire. Mais réussir à « en être », pour Perrine, c'est aussi pouvoir approcher « les mecs » :

« Les Blancs ne me plaisent pas, ils me semblent étrangers. Et même, certains métis, je ne les trouve pas assez noirs, ils ne m'attirent pas. À partir du lycée, je suis sortie avec une grande majorité de musulmans, intuitivement. »

Elle aime réussir à faire tenir ensemble ces deux mondes, l'un, musulman et peut-être plus défavorisé socialement, et l'autre, plus franco-français et mieux doté en ressources scolaires, culturelles, socio-économiques… Par exemple, lorsqu'elle étudiait en classe d'hypokhâgne, elle aimait fréquenter les amis de sa cousine, un peu « racailles » selon ses propres mots : « C'était un peu schizophrène, j'avais des amis très intellos avec un peu d'argent, et d'autres amis qui ont commencé à travailler très jeunes, et musulmans par ailleurs. Moi j'étais bien dans les deux, même si j'avais honte de réunir les deux univers, je faisais des choses soit avec les uns, soit avec les autres. »

Le parcours de conversion

Deux amies ont un rôle important dans le parcours de conversion de Perrine, Lubna, l'amie du collège, et puis Siam, née à Trappes, l'amie rencontrée après le bac, durant les premières années d'université.

Siam est marocaine, musulmane peu pratiquante lorsqu'elles se rencontrent. Petit à petit, alors que leur amitié se développe, Siam est en quête d'islam : « Elle lisait beaucoup, elle avait pris la langue arabe en troisième langue, elle allait à des conférences à l'Institut du monde arabe, elle m'en faisait part, mais il s'agissait plutôt de la culture. Et moi qui lui disais toujours : moi qui suis athée… » Perrine sait dater précisément sa volonté de conversion : en 1998, alors qu'elle est en deuxième année à l'université. « Je sais que c'est là. » Elle vient de perdre sa grand-mère. La cérémonie religieuse à l'église l'a déçue, à cause de petits détails, et notamment l'accent du prêtre, un peu trop fort, qui se trompe dans le prénom de sa grand-mère. Elle n'a trouvé aucune dimension sacrée à ces funérailles, à l'exception du moment où elle a lancé une fleur sur le cercueil de sa grand-mère.

Elle est alors invitée à une leçon coranique chez la mère de son amie Lubna pendant le ramadan : « J'avais mis un foulard sur la tête, c'était apaisant, c'était à la fois une leçon de vie, il y avait de la générosité, de la spiritualité, on a parlé de la vie après la mort. » Un sujet qui à cette période préoccupe particulièrement Perrine. Parallèlement, le dialogue avec son amie Siam la rassure : « Je trouvais des réponses. C'était rassurant. Et puis je sentais une communauté, en plus du discours, ça me faisait du bien, je me sentais portée. »

Pendant deux ans, elle cherche alors à « se renseigner » selon son propre vocabulaire. Puis, la rencontre avec un jeune homme tunisien et musulman pratiquant la conforte dans son chemin vers l'islam. Elle aime le regarder prier. Elle qui boit encore de l'alcool et mange du porc, décide de tout arrêter. Après leur premier ramadan ensemble, ils décident de ne plus avoir de relations sexuelles. « Ça y est, j'avais basculé. » La relation amoureuse ne résiste ni à l'éloignement, alors que Perrine part faire son école de journalisme dans une ville de province, ni au fait qu'elle ne soit pas musulmane.

Elle débarque donc dans cette ville, avec un gros chagrin d'amour à soigner. Et dans cette ville dans laquelle personne ne la connaît, elle se dit qu'elle peut avancer seule dans la religion, et commencer à pratiquer sérieusement. Pour son premier ramadan seule, elle s'applique à suivre les règles à la lettre, dans sa petite chambre de dix mètres carrés, dans sa résidence étudiante. « C'est le seul ramadan que j'aie aussi bien fait. »

Sa rencontre avec un homme converti

En 2003, Perrine rencontre son futur mari, Franz, converti sous le prénom d'Hakim, un Béninois de culture catholique. C'est son amie Lubna qui le lui a présenté. Lui est converti depuis quelques années. Elle anticipe elle-même la question avant même que je ne la pose : « Est-ce que je me suis convertie pour lui ? Non, même si c'est plus facile d'être avec un musulman, même si je n'étais pas forcément à la recherche d'un musulman. »

La conversion officielle n'intervient qu'en 2009, soit huit ans après avoir commencé à pratiquer, devant deux témoins. Perrine compte les années en nombre de ramadans : « J'ai attendu le huitième ramadan pour me convertir. Selon moi, j'étais musulmane, mais j'avais encore du chemin à faire. » C'est au moment où ils essaient d'avoir un enfant que Perrine décide de se convertir. Le jour de la conversion, ses deux témoins sont ses deux amies musulmanes qui l'ont guidée dans la foi. La conversion a lieu chez une de ses deux amies. Perrine porte une djellaba, un foulard, elle a méticuleusement fait ses ablutions.

Et elle prononce la shahada en français : « C'était important pour moi de prononcer la profession de foi dans une langue que je comprenais. » Son prénom de conversion, Perrine ne l'utilise jamais, elle préfère garder son prénom de naissance.

Avec son compagnon, ils ont eu un enfant, prénommé Adam, afin de renvoyer aux trois religions du Livre, et pas uniquement à l'islam, par peur des discriminations. Mais ils ne sont pas mariés religieusement : lui ne veut pas se marier. Une situation qui n'est pas le choix de Perrine. Son fils a été circoncis. Une décision qui n'a pas du tout été naturelle à prendre pour Perrine : « C'est bizarre d'imposer une décision à un enfant, alors que nous on l'a prise après des années. Là, le corps est en jeu, on impose une mutilation, on dispose de son corps. » À chaque nouveau rendez-vous avec la vie, la question de la conversion et des obligations qui y sont liées se pose donc pour Perrine.

Les difficultés de l'après-conversion

Après sa conversion, Perrine avoue avoir eu beaucoup de difficultés à continuer à pratiquer : « Maintenant, j'ai l'impression d'être moins dans la spiritualité qu'avant. » Des difficultés dans son chemin de foi qui sont liées à son isolement, elle qui n'a pas épousé de musulman de naissance, et à son identité de femme convertie au sein de la communauté musulmane.

L'isolement

Le problème de Perrine n'est pas de s'être éloignée de sa propre famille. Elle confie une incompréhension de la part de sa mère, qui ne va pas jusqu'à la condamnation. Son père la laisse libre de faire ses choix. C'est davantage sa condition de convertie au sein de la communauté musulmane qui l'isole.

Après l'enthousiasme de la conversion, la question de la continuité de la pratique religieuse se pose. Le ramadan reste un moment central pour Perrine : « C'est l'occasion de se mettre dans une bulle, sinon on n'a pas vraiment le temps de le faire en dehors du ramadan. » Mais le problème principal de Perrine est l'isolement, et elle le déplore elle-même : « On n'est pas portés par une communauté. Nos amis musulmans culturels, eux, sont poussés par une évidence familiale, nous, on n'a pas de modèle. Depuis que nous sommes parents, nous nous voyons moins, ça nous manque.

Les personnes s'invitent au sein de la famille, mais nous, nous n'avons pas de famille musulmane. »

Le ramadan est sans doute pour elle et son compagnon le moment le plus difficile, dans la mesure où il est le révélateur de cet isolement. « Nous, on le fête tous les deux. Le premier jour de ramadan, quand on se regarde tous les deux, c'est un peu triste. Tu as honte d'inviter les gens quand tu ne sais pas faire pareil qu'eux, nous on peut éventuellement acheter des crêpes fourrées, mais sinon on le fait avec des produits français, des lasagnes, éventuellement du riz à l'africaine. Les Arabes s'attendent à des mets bien particuliers, c'est assez codifié, et leur proposer autre chose c'est difficile… On les a invités dans le passé, et pour faire bonne figure on en avait fait des tonnes, mais ça, on ne peut pas le faire tous les jours… »

« On nous renvoie qu'on est moins musulmans... »

Perrine ne se sent pas moins musulmane que ses amies, et pourtant, elle raconte ne pas se sentir toujours à l'aise dans une mosquée. Sa double identité de journaliste et musulmane convertie lui pose aussi problème, notamment lorsqu'elle doit interviewer un grand leader de la communauté musulmane. Une question qui se pose pour chaque journaliste engagé dans une religion, ou un parti, mais qui devient encore plus complexe lorsque l'appartenance ne peut pas se découvrir *a priori* – car impossible pour un musulman de deviner qu'elle est musulmane si elle n'en fait pas état. Elle regrette le fait que parfois certains musulmans dits culturels la renvoient à sa dimension de « convertie », avec une anecdote à l'appui. Un jour, tandis qu'ils reçoivent des amis musulmans, l'un d'entre eux commence à insinuer que la salade de fruits contient de l'alcool. C'est son compagnon qui a préparé ce dessert, et il se retrouve soupçonné de ne pas avoir respecté les règles du halal…

Un islam spirituel et intime, sans démonstration dans l'espace public

La cristallisation en France autour du halal ou de la question délicate du voile à l'école a le don d'énerver Perrine : les musulmans ne devraient selon elle pas s'attarder sur ces questions-là, qui sont pour elle secondaires. « Ce ne sont pas des questions centrales. Je suis très en colère, car en plus cela nuit à l'image des musulmans. » Des questions secondaires car Perrine défend une laïcité à la française, qu'elle articule avec une conception de la religion plus intime et spirituelle, sans démonstration dans l'espace public, mais tout de même soucieuse du « bon comportement » musulman. D'ailleurs, à l'inverse de son compagnon, Perrine ne mange pas halal. « Être à l'écoute de ses amis, être disponible en cas de difficultés, ça c'est plus important que de manger halal, selon moi. » Quant au voile, elle se dit qu'elle le portera sans doute un jour, mais la perspective lui semble lointaine. Perrine accepte le voile dans sa dimension religieuse, et c'est pour cette raison qu'elle imagine un jour le porter, en fonction de son chemin dans la foi musulmane. Mais elle a plus de mal avec la dimension sociale de soustraction de la femme au regard des hommes : « Si le voile c'est pour se préserver du regard des hommes, alors il y a d'autres façons de faire. » Pendant le ramadan, elle est par exemple attentive à ne pas être dans la séduction, puisque c'est ce qui est requis par la religion. Pas d'armes de séduction : ni vernis à ongle ni maquillage, il faut être sobre.

Et elle ajoute : « En islam, c'est l'intention qui compte. Il faut être humble par rapport à Dieu et à sa propre foi. » En tant que jeune femme élevée dans un cadre laïque français, la mixité est un acquis fondamental. Hors de question de rester d'un côté lors d'un anniversaire entre amis, avec les femmes. Le non-respect de la mixité dans l'islam est une question culturelle, beaucoup plus que religieuse selon elle, donc elle dit qu'elle ne la concerne pas : « Moi j'ai un statut à part. J'ai le droit d'être avec les hommes. Par exemple, nous avons un couple d'amis qui, lorsque lui me parle, il me parle d'égal à égale, mais, avec sa femme, il n'a pas le même comportement. C'est un gros macho. »

Dans sa lecture très spirituelle, ce manque d'humilité, c'est aussi ce que déplore Perrine chez certains musulmans, prompts à critiquer la France. « Quand j'entends des amis musulmans qui parlent des Français en disant les "franc-tons", en crachant sur le côté beauf des franchouillards, sans aucun respect pour moi, et que je les vois ensuite faire la prière, ça m'écœure. »

Perrine ne se désolidarise absolument pas de la communauté nationale, et tient au contraire à la défendre. La trajectoire de Perrine est en ce sens intéressante dans la mesure où le questionnement existentiel qui l'a amenée vers l'islam, ainsi que la proximité avec les musulmans dès son adolescence, n'ont pas entraîné un rejet en bloc des mœurs et valeurs occidentales.

Une humilité dans la foi, voilà ce que défend Perrine qui confesse elle-même ses propres difficultés pour la prière. Elle ne parle pas l'arabe, elle récite donc en phonétique, sans pouvoir vraiment comprendre ce qu'elle dit, au moment où elle prononce sa prière. Un problème que rencontrent de nombreuses femmes converties. Voilà pourquoi des institutions comme la Mosquée de Paris proposent notamment des cours d'arabe aux converties comme aux non-converties d'ailleurs, qui n'ont pas appris l'arabe.

Assia, bac + 5 et convertie par amour

Assia est une jeune femme dynamique, avec un bac + 5 en poche. Diplômée en management, elle a étudié à Londres, a beaucoup voyagé, et est aujourd'hui devenue « business analyst ». Après une enfance privilégiée, Assia a connu le déclassement social, une adolescence très difficile après la séparation de ses parents, puis un drame : la mort de son frère. Elle s'est tournée vers l'islam lorsqu'elle a rencontré son compagnon.

Assia a décidé de témoigner sous son prénom de conversion, qu'elle n'utilise pourtant pas dans sa vie de tous les jours. Dans notre échange, elle a donc décidé de se présenter sous cette nouvelle identité, qui ne la définit donc pas entièrement. Une ambiguïté qui est au cœur de la vie d'une convertie, qui tente de négocier une nouvelle identité religieuse et sociale. Son allure ne laisse rien présager de son identité de convertie, car Assia ressemble en réalité à une jeune femme marocaine, algérienne ou tunisienne. Depuis son retour de congé maternité, elle porte le bandeau. Ses habits sont amples, ses manches, longues. Sa mère étant vietnamienne, Assia peut jouer sur une origine étrangère, une ambiguïté qui l'amuse, et qui la rassure également[1]. Elle

1. Une observation liée au phénotype qu'a également remarqué Géraldine Mossière : « Plusieurs converties semblent séduites par l'idée

ponctue ses phrases d'invocations, dites en arabe, comme « Bismillah » ou « Inchallah ».

Pour elle, l'islam s'inscrit dans une continuité avec ce qu'elle était auparavant. D'ailleurs elle aime son prénom de conversion : « Ce que j'aime, c'est que c'est très proche de mon prénom. Je suis la même, en devenant différente. Pour moi l'islam, c'est une évolution, je n'ai pas l'impression d'avoir tant changé que ça, mes aspirations, mes valeurs sont les mêmes... J'ai toujours eu le même sens de justice à l'école, je voulais faire de l'humanitaire, aider les pauvres... »

La religion au sein de la famille

Hasard ou reproduction, il y a déjà une conversion dans la généalogie familiale. La grand-mère d'Assia, vietnamienne et bouddhiste de naissance, s'est convertie au catholicisme. La mère d'Assia a donc eu une éducation catholique, et elle-même était catholique pratiquante, une pratique qu'elle a progressivement abandonnée après son mariage. Elle a été élevée dans une école tenue par des religieuses au Vietnam. Le père d'Assia a suivi une école catholique également en Bretagne, mais, issu d'une union hors mariage, il ressent un rejet viscéral pour toutes les religions. Ses parents ne se sont pas mariés à l'église, mais ont fait baptiser Assia et son frère. Assia va parfois à la messe lors des fêtes familiales, du côté maternel, mais sans communier. Pour son père, le baptême donne ainsi à l'enfant la liberté de pouvoir choisir plus tard sa propre religion. « Il me dit qu'il m'a élevée en femme libre, il ne comprend pas pourquoi je me suis convertie à l'islam qui est le contraire, selon lui, de la liberté. »

---

de s'attribuer les référents ethniques communément liés à l'identité musulmane », in *Converties à l'islam*, *op. cit.*

Assia décrit son enfance comme une enfance douce, avec un train de vie privilégié : sa famille est alors propriétaire d'une jolie maison en banlieue parisienne, de plusieurs voitures. Ils partent souvent en vacances. Mais leur vie bascule lorsque son père décide de monter sa propre entreprise, et de quitter la région parisienne. Direction la Côte d'Azur, mais l'entreprise est un échec, et, criblée de dettes, la famille est alors contrainte de vivre en HLM. Sa mère quitte le domicile familial. Un an après, son frère décède d'un arrêt cardiaque. Très proche de son père, leur relation devient particulièrement difficile à l'adolescence.

Le premier contact avec l'islam

Difficile pour une convertie d'affirmer que sa conversion est liée à la seule rencontre avec un homme... Ce qui réduit la portée de l'acte personnel. Le converti présente son expérience comme l'acte le plus intime qui soit, alors qu'il est souvent socialement déterminé[1]. Souvent, la rencontre avec un homme est qualifiée de « déclencheur », comme si ce terme en réduisait la détermination. Assia présente la rencontre avec son futur mari et sa conversion de cette manière. Et pourtant, dans son récit, l'islam a été le premier sujet de discussion avec son compagnon. Au cours du premier dîner, il lui parle de cette religion que lui pratique et qu'il a redécouverte. Algérien, il s'est rapproché de l'islam après avoir connu un grave problème de santé.

Mais les femmes rencontrées trouvent bien souvent des éléments antérieurs à la conversion expliquant cet acte, des éléments d'ordre intime, spirituel ou théologique, ou social. Argument important dans la conversion : la découverte du

1. Danièle Hervieu-Léger, *Le Pèlerin et le Converti. La religion en mouvement*, Flammarion, coll. « Champs », 2001, p. 120.

vrai islam, au-delà de l'ignorance ou des clichés relayés par les médias. Avant cette discussion lors du premier rendez-vous, Assia n'avait qu'une vision très élémentaire de l'islam : « Pour moi, musulman signifiait ne pas manger de porc et ne pas boire d'alcool, je ne connaissais rien d'autre. J'ai trouvé dans cette discussion un autre aspect de l'islam que l'image transmise par les médias. »

Les éléments communs entre la religion d'origine et l'islam sont également mis en avant : ces femmes sont capables de faire une comparaison théologique des deux offres de sens proposées par chacune des religions, pour conclure que leur religion était finalement décevante, et que l'islam accomplit ce que le catholicisme propose. C'est ainsi que Assia parle de la question de la Trinité et déroule spontanément un raisonnement théologique : « Quelque chose me dérangeait dans la religion catholique, et ça, c'était avant que je rencontre mon mari. Et puis après j'ai pu en discuter avec lui et il m'a dit : Ça n'existe pas. Pour moi, c'est une déformation survenue trois cents ans après la mort de Jésus. C'est comme pour les fêtes, si vous prenez Noël par exemple… la religion catholique a été déformée. Certaines dates sont un mélange entre la tradition catholique et la tradition païenne. La Trinité, c'est pareil : car, normalement, le dogme est celui de l'unicité de Dieu. Moi il y a une chose qui m'a plu, l'islam vient dans la continuité des autres prophètes, les messagers de Dieu auprès des hommes. Et Jésus est reconnu par les musulmans. Donc Jésus n'était pas un Dieu, et ça me paraissait logique. Il y a un Dieu, des hommes, et parmi ces hommes, certains sont des prophètes. »

Dans tous les cas, l'islam est présenté comme l'achèvement du catholicisme, un argument très fréquent chez les convertis à l'islam[1]. Pour Assia, non seulement le catholicisme

1. Géraldine Mossière, *op. cit.*, p. 122.

se trompe en voyant dans Jésus-Christ la figure du fils de Dieu, mais l'islam complète le catholicisme en intégrant Jésus comme prophète.

Par ailleurs, le catholicisme aurait oublié ses pratiques premières, que l'islam en comparaison a continué de demander aux fidèles. On retrouve ce genre d'observation avec Assia concernant la prière. « Ma mère trouve bizarre qu'on fasse les cinq prières, mais pourtant elles existaient : avant, on faisait les matines, les vêpres… » Comme si l'islam était pour Assia non seulement dans la continuité de la religion originelle, mais était restée plus conservatrice.

Assia aime l'idée que l'islam est une religion du quotidien, en opposition au christianisme. Un jour sa mère lui a fait remarquer qu'être religieux signifiait s'extraire de la vie active, un peu à la manière des sœurs. Inacceptable pour Assia, qui l'admet éventuellement pour les soufis, mais pas pour elle. Être musulman, c'est pratiquer sa foi au sein de la vie active : « C'est presque trop facile de s'exclure. Et puis être en couple, ça fait partie de la vie, tu peux avoir une vie de couple et vivre ta foi. » En ce sens l'islam est pour elle la religion parfaite, qui permet de combiner le mariage, la procréation et la vie spirituelle[1].

Le parcours de conversion

La shahada

Assia s'est convertie en 2000, soit moins de six mois après la rencontre avec son futur mari. « Ça n'est pas lui qui m'a demandé de me convertir, ça s'est fait par hasard. Quand le ramadan est arrivé, j'avais envie de faire cette expérience. » Encore et toujours, le ramadan fascine les

1. Ce que note également Géraldine Mossière, *op. cit.*, p. 141-142.

converties. Et c'est justement après avoir fait son premier ramadan qu'elle décide de franchir le pas. La conversion a lieu à la mosquée de Versailles, en présence de son futur mari et de l'imam, sans aucun témoin. C'est son fiancé qui a pris rendez-vous pour elle avec l'imam. « L'imam a fait un petit discours très court, je l'ai vu une seule fois, c'est le jour où je me suis convertie. Je ne parlais pas arabe. Et je ne connaissais pas la prière. » Autant dire que ce moment n'est pas un moment très fort pour Assia, comme elle le confesse elle-même : « Ça ne m'a pas fait grand-chose, j'étais déjà dans la démarche. » Elle a même depuis égaré le certificat de conversion que lui avait donné l'imam. Un certificat pourtant très important si elle souhaite un jour se rendre à La Mecque.

Le mariage religieux et l'éloignement de sa propre famille

Puis ils se sont mariés un an après, en commençant non pas par le mariage civil, mais par le mariage religieux. Hors de question, conformément aux prescriptions religieuses, qu'ils aménagent ensemble avant d'être mariés à la mosquée. Assia n'invite pas sa famille lors de la cérémonie. Seules deux de ses amies sont présentes. Le mariage a lieu dans un local qui est en fait l'ancienne mosquée de Versailles. La famille ne l'apprendra qu'un an plus tard, lors du mariage civil. « Le plus difficile pendant mon parcours de conversion a été le côté relationnel avec ma famille. Et ça continue de me poser problème. » Sa famille accepte mal le mariage avec un musulman. Et pose des questions en rafale à son mari : « À cette époque-là, mes parents avaient en tête le film *Jamais sans ma fille*, alors ils m'imaginaient au bled, cloîtrée, séparée de mes enfants. Ils ont également demandé à mon mari s'il avait ses papiers... »

L'adoption des pratiques religieuses et sociales

Assia sortait en discothèque et aimait danser. Des distractions qu'elle a totalement abandonnées depuis sa conversion : « Entre nous avec mon mari, ça a été un gros sujet de discussion. Car les discothèques ne sont pas des lieux recommandés à une musulmane. » Pas de problème en revanche pour se priver d'alcool, car elle en buvait déjà peu : « Avec mes gènes vietnamiens, je deviens écarlate si je bois de l'alcool. » Là encore, comme si une prédisposition génétique lui permettait de respecter plus facilement qu'une autre les interdits…

Plus simple d'adopter les pratiques sociales, que les pratiques religieuses. Le Coran, elle n'a jamais réussi à le lire en entier, mais uniquement par petits bouts, et en français. La pratique de la prière a été un exercice beaucoup plus difficile. Comme beaucoup de converties, Assia avoue avoir eu des difficultés pour la prière au départ de son parcours de conversion. Avant de mettre au monde ses enfants elle avait davantage de temps pour se cultiver, et son mari l'aidait à apprendre. « Mon mari y est allé très progressivement. Nous avons commencé avec la Fatiha. » La Fatiha est la première sourate : c'est une introduction à l'ensemble du message coranique. Son mari lui donne la base, puis Assia suit des cours d'arabe à la mosquée de Versailles durant six ans, une fois par semaine. Avant sa conversion, Assia se rendait également régulièrement à des conférences à la mosquée Addawa dans le XIXe arrondissement de Paris. Une communauté structurée autour de la figure de l'Algérien Larbi Kechat, tenant pour certains d'un islam politique. Arrêté par Charles Pasqua, il a été assigné à résidence durant un an, pour ses liens supposés avec la mouvance islamiste algérienne, un motif fallacieux selon le journaliste de *Libération* François Devinat[1]. Assia se rattache plus à des enseignements donnés par des figures charismatiques, comme cet imam de la mosquée, ou encore Tariq Ramadan. « C'est un Européen musulman. On lui prête des doubles discours. C'est du procès d'intention, je l'ai suffisamment entendu… Ce qu'il dit, il le dit aux musulmans et aussi aux non-musulmans. » Mais comme le note également Géraldine Mossière, aucune des femmes rencontrées ne présente son orientation idéologique au sein de l'islam, qu'il s'agisse du wahhabisme ou du salafisme par exemple, préférant citer uniquement des institutions ou des figures charismatiques[2].

Un isolement relatif

Étant en couple avec un musulman, Assia ne cherche pas réellement à rencontrer d'autres converties, et ne semble donc pas souffrir de l'isolement, puisqu'elle peut vivre son islam en famille. À Versailles, elle a fréquenté une autre convertie, avec laquelle elle est ensuite allée à la Grande Mosquée de Paris. Désormais, Assia ne va plus très souvent à la mosquée. Il faut dire qu'elle avoue ne pas comprendre grand-chose, à cause de son niveau en arabe : « Quand il y a le prêche, je ne comprends pas, c'est désespérant. »

Un nouveau système de valeurs

Assia définit le processus de conversion comme une « évolution », un « cheminement » et non pas comme une « rupture ». « C'est davantage du point de vue de mon entourage que c'est vécu comme une rupture », ajoute-t-elle.

1. François Devinat, « L'imam que la France habille en fou de Dieu », *Libération*, 17 août 1995.
2. Géraldine Mossière, *Converties à l'islam*, *op. cit.*, p. 49.

Quand je lui demande ce qui a changé, elle confirme pourtant que sa vie entière a été revue à la lumière de ce nouveau prisme. Mais elle me dit qu'elle portait déjà en elle les valeurs de l'islam, et notamment la recherche de la justice, ainsi que le fait de devoir rendre compte de ses actes. « Ma base, malgré ma faible éducation religieuse, consistait déjà en de la générosité, prendre soin du prochain, l'honnêteté… il y a pas mal de choses qui existaient déjà. Il y a beaucoup de mendiants là où je travaille, alors j'essaie de me mettre à leur place, ou des Roms également, il y a beaucoup de rejet de l'étranger en France. »

Dans cette mise en place d'un nouveau système de valeurs, la question du deuil et de la prière pour ses morts est particulièrement intéressante. Comment prier pour une personne défunte lorsque l'on s'est converti après la mort de ce proche-là ? Assia en parle avec beaucoup de pudeur. Elle prie aujourd'hui pour son frère défunt, une prière version musulmane. Et c'est la question de la vie après la mort qu'elle a repensée en se convertissant à l'islam. Une question qu'elle n'avait pas affrontée avant sa conversion : « Les enfants qui meurent jeunes, on dit qu'ils vont au paradis… Mais *Allah oualem*, Dieu seul le sait… C'est au-dessus de notre connaissance, on n'a pas la preuve. Avant, cette question était en suspens, maintenant j'y crois. Mais, de mon point de vue, ça n'est pas plus rassurant. Je sais qu'on va tous mourir un jour, et l'islam renforce cette idée-là, car notre vie est éphémère… Alors l'islam pour moi c'est plus par rapport à ma vie dans ce monde-là que ça m'interroge. Tu es responsable de tes actes. Tu auras à rendre compte de ce que tu fais sur cette terre. »

La laïcité

Assia a plutôt une sensibilité de gauche. Le vote musulman est d'ailleurs clairement orienté à gauche en France[1]. Il est cependant déjà difficile d'établir une spécificité du vote lié au seul facteur religieux, sauf en neutralisant les critères sociaux. Il est certainement hasardeux de prétendre connaître de façon précise les déterminants du vote d'une femme musulmane convertie, même si l'on peut imaginer qu'elle a tendance à aller dans le même sens que sa nouvelle communauté, au sein de laquelle la prédilection pour les Verts n'a eu de cesse de s'amplifier lors des dernières élections[2]. Dans le cas de Assia, s'en tenant à son discours, il est clair que le facteur religieux est l'élément déterminant de son vote en 2012. Il était tout simplement hors de question pour elle de voter pour François Hollande au premier tour de l'élection présidentielle en 2012, après son discours au Bourget sur la laïcité. Elle a préféré voter pour Eva Joly et ses prises de position sur la laïcité ouverte. C'est la candidate Europe Écologie les Verts qui avait proposé d'intégrer dans le calendrier deux nouveaux jours fériés, pour l'Aïd el-Kebir et Kippour. C'est notamment Eva Joly qui avait eu cette phrase en avril 2012, interrogée sur une proposition de loi déposée au Sénat qui souhaitait étendre le principe de laïcité aux assistantes maternelles à domicile, en plein débat sur l'affaire de la crèche Baby Loup[3] : « On ne peut mettre

1. Enquête Cevipof, *Le Vote des musulmans*, note n° 5, 5 décembre 2011.

2. Gilles Kepel, *Quatre-vingt-treize*, Gallimard, 2012, p. 119.

3. « On peut mettre la laïcité dans tout ce qui est services publics, à l'école, on vient de la mettre pour les sorties en car, mais personnellement j'ai le souci de l'intégration de ces femmes, je trouve que c'est une double peine », propos tenus au Forum Elle/Sciences Po, AFP, 5 avril 2012.

la laïcité partout. » Voilà pourquoi Assia se reconnaissait pleinement dans la vision multiculturaliste d'Eva Joly, elle qui considère la laïcité à la française comme principalement orientée « contre les musulmans ».

L'éducation : la sortie de l'école publique, et une transmission religieuse intensive

Assia avait dans un premier temps inscrit ses deux fils à l'école publique. Mais l'un de ses enfants s'est retrouvé en classe avec un garçon violent, et l'est devenu à son tour. « Ça ne nous a pas trop plu. Pour nous, ce qui est important dans l'islam, c'est ce qu'on appelle le bon comportement. Il faut bien se comporter avec les musulmans et envers les non-musulmans. » Soucieuse de rectitude morale pour elle comme pour ses enfants, ainsi que de respect des interdits religieux – et notamment alimentaires. Pour faire valoir ses choix religieux, Assia est même devenue membre de la commission restauration de la cantine scolaire de ses enfants. « On forçait nos enfants à manger de la viande. J'ai fait partie de la commission pour en discuter. En Grande-Bretagne, il y a des alternatives, du végétarien, mais ici c'était une fin de non-recevoir. Puis j'ai appris par des amis cathos que certaines écoles respectaient la volonté des familles. » Pour ces raisons, les enfants ont quitté l'école publique et ont été scolarisés dans une école catholique. Comble de la situation, ils suivent même les cours d'instruction religieuse catholique : « Ils y vont quand même, mais nous après on en discute avec eux. La chose à laquelle on fait le plus attention, c'est que Jésus est le fils de Dieu. On leur dit que Dieu n'a pas d'enfant. » Assia dit assez spontanément aimer le fait qu'ils soient mélangés, et en même temps elle se réjouit du fait que son fils fasse bien la distinction entre les musulmans et les non-musulmans. Convertie, Assia érige pourtant une frontière forte, et son identité musulmane en construction est structurante pour elle comme pour ses enfants[1].

Par ailleurs, afin de parachever la transmission, les enfants sont inscrits à des cours d'éducation islamique, d'arabe et de Coran, auprès d'une association établie en banlieue parisienne. Tous les mercredis, ils suivent trois heures de cours. Pour l'instant, ils ne font la prière que de temps en temps, mais dès que l'âge de la puberté sera venu, ils commenceront à la faire sérieusement.

Voile

Assia ne condamne en apparence pas totalement la loi de 2004 interdisant le port des signes religieux à l'école : « Les enfants ont besoin d'être protégés. » Mais elle considère que la France triche toujours avec l'interdiction de liberté religieuse. Son principal cheval de bataille est le voile au travail.

Le raisonnement de Assia est clair : si on interdit le voile en entreprise, alors on prive de travail les femmes voilées. Et la référence aux sœurs qui « se couvrent la tête sans que ça pose de problème » arrive assez rapidement. Après la naissance de son premier fils, de retour du congé maternité, elle a souhaité porter le bandeau. C'est pour elle une

1. C'est précisément ce que souligne Amélie Puzenat, qui a enquêté sur une quarantaine de couples dont l'un est converti à l'islam : « La transmission religieuse est alors d'autant plus intensive que la conversion se charge d'un engagement marqué et que le religieux est réinvesti pour fabriquer une identité collective contestatrice de la société majoritaire et contestée par elle [...] Les individus érigent une nouvelle frontière symbolique entre l'islamique et le non-islamique, venant se superposer à la frontière allochtone-autochtone. » Amélie Puzenat, « La conversion à l'islam en France et ses répercussions sur la sphère éducative », *in* Martine Gross *et al.*, *Sacrées familles !*, Éditions ERES, 2011, p. 137.

obligation religieuse : « Ça fait partie des obligations que nous avons envers Dieu. Il faut porter une tenue correcte dans l'espace public. Chez moi, je l'enlève. »

Revenir avec le voile au travail n'a pas du tout été apprécié par sa direction. « Dans mon cas, je suis émancipée, j'estime que je devrais avoir le droit de travailler ! » Ainsi, lorsque nous la rencontrons, Assia tente de chercher du travail ailleurs.

La mixité et la condition de la femme dans l'islam

Professionnellement, Assia a toujours mieux gagné sa vie que son mari, qui est technicien en électronique. Et elle est fière de le dire, même si, dans le même temps, elle défend une vision de la femme très conservatrice. Dès qu'elle parle d'égalité homme-femme dans l'islam, Assia soutient que l'islam offre une protection particulière à la femme, notamment en matière de mariage, divorce et héritage. Même si elle reconnaît qu'il existe des règles relatives à l'héritage qui peuvent léser la femme, Assia les justifie par un système juridique très patriarcal qui semble lui convenir : « Il y a des règles qui lèsent la femme, notamment pour l'héritage. En réalité, c'est le mari qui subvient aux besoins de la femme. Si tu te bases sur ça, c'est-à-dire sur comment ça doit fonctionner, par rapport à l'époque et au contexte où ça a été établi, je trouve que ça vient comme une protection de la femme. Mais je sais qu'aujourd'hui on le prend dans l'autre sens. »

Elle parle ensuite toute seule de polygamie, sans même avoir été préalablement interrogée sur le sujet. Assia veut défendre l'islam. Elle défend alors l'idée selon laquelle l'islam est venu encadrer la pratique de la polygamie : « Les maris pouvaient avoir plein de femmes, et l'islam est venu limiter le nombre de femmes. C'est l'histoire des quatre femmes : vous pouvez en avoir quatre, mais ce qui est sous-entendu dans le Coran c'est que vous risquez d'être injuste. Bien sûr, de nos jours, ça ne se justifie pas, chaque femme a un homme, mais à l'époque on peut comprendre qu'un homme devait pouvoir protéger plusieurs femmes. » Assia semble dire que la polygamie est une pratique antique liée au passé, mais elle connaît des maris polygames autour d'elle : « Je ne connais qu'une de ses deux femmes, et elle le vit bien. Car même si un mari veut se marier à une autre femme, il doit absolument demander l'autorisation à son autre femme. » Voilà l'argument qui protège la liberté de la femme selon Assia : les épouses précédentes peuvent s'opposer au projet du mari. Mais s'opposer non pas en tant qu'individu libre et égal au mari, mais dans un souci collectif et patriarcal de sauvegarde de la famille : « S'il y a des tensions entre les femmes, ça n'est pas bon. Pour moi, l'islam implique que la cellule familiale est solide. La société est composée de familles, c'est la cellule première de la société. Donc si une femme refuse, elle refuse. »

Aux antipodes d'une vision républicaine de la femme, pour Assia, comme pour de nombreuses converties, le statut de la femme est privilégié dans l'islam, et ce, pour des raisons à la fois théologiques et historiques. Et il est un personnage qui est le meilleur argument pour démontrer que l'islam est un modèle d'égalité entre les deux sexes : c'est Ève. Dans le Coran, Ève est présentée comme une créature indépendante d'Adam, dans le sens où elle n'est pas « tirée de sa côte » et est tentée comme lui par les fruits du jardin d'Éden, hormis ceux de l'arbre interdit. Ève n'est pas celle par qui arrive le péché originel : dans le Coran, les deux sexes sont tentés en même temps. D'où l'idée que l'homme et la femme ont les mêmes capacités pour comprendre la volonté de Dieu.

Les femmes à la mosquée

Au cours d'un de leurs étés dans le Sud de la France, Assia et son mari ont cherché une mosquée dans laquelle Assia puisse prier, sous-entendu avec une salle particulière dédiée aux femmes. Mais ils n'en ont pas trouvé. « Souvent les salles pour les femmes sont fermées, ou alors il n'y a pas forcément de salles pour les femmes parce que il y a déjà un problème pour les hommes… Je trouve ça inadmissible qu'une femme ne puisse pas faire sa prière dans une mosquée ! La femme aussi a l'obligation de faire sa prière à l'heure. »

Comme si son identité de convertie la rendait plus lucide sur la place de la femme dans l'islam, une place, qui, selon Assia, a toujours été très forte, dès les premiers temps du Prophète : « À l'époque, les femmes du Prophète faisaient la prière dans la même mosquée ! Je trouve ça incroyable ! Je pense que c'est parce que je suis convertie ! » Désormais, Assia tente de convaincre les femmes musulmanes de s'investir davantage.

Assia dit ne pas avoir eu de souci à s'intégrer dans sa belle-famille algérienne. Mais en réalité, ils la voient assez peu, une fois tous les quatre ans environ. Le premier séjour a pourtant bien été un choc culturel : « En Algérie l'été, ils sont déphasés. Ils se lèvent tard, ils déjeunent tard, ils dînent à 22 heures, la première fois j'ai eu l'impression d'être enfermée et de ne faire que manger. » Et puis les baignades en bikini sont impossibles… Un élément que Assia semble avoir bien intégré. En tentant de lui demander comment elle justifie le fait de ne pas pouvoir montrer son corps, Assia indique qu'elle n'est pas une experte de l'islam, mais qu'elle sait bien que ça n'est pas une question d'infériorité.

Assia est un autre exemple de femme convertie défendant la vision de la femme dans l'islam. Un discours que j'ai retrouvé à de nombreuses reprises, et qui sera présent au fil de ces pages.

Soizic, à la recherche des racines familiales

Nous avons rencontré Soizic lors d'une émission télévisée d'une chaîne de télévision locale, La Locale, basée en banlieue parisienne dans le 93, à Pantin. L'émission, destinée à être diffusée pendant le ramadan, était consacrée aux conversions. C'est Mohammed Henniche, secrétaire général de l'Union des musulmans du 93 qui m'avait mise en relation avec cette chaîne, qui souhaitait m'inviter pour parler de mes recherches et de ce livre. Sur le plateau, Soizic, très belle brune d'une trentaine d'années, voilée pour l'occasion (elle porte un bandeau noir normalement) racontait son histoire. Je l'ai revue en dehors des plateaux.

Soizic vit seule avec sa mère dans une ville moyenne de Bretagne. Une femme au destin accidenté. De mère française et de père marocain, la mère de Soizic a été élevée comme une musulmane. Elle a épousé en premières noces un homme musulman, qui l'a privée de ses trois enfants, qu'il a enlevés pour les faire vivre dans son pays d'origine, l'Algérie. Soizic, elle, est issue d'un deuxième mariage, son père était protestant, mais il est décédé lorsqu'elle était enfant. Sa mère s'est convertie au protestantisme en 1991, après la rencontre avec son second mari, et elle a été baptisé en même temps sa fille. La religion musulmane représente à la fois l'héritage d'une partie de la famille pour Soizic, mais aussi une union qui s'est terminée par un drame, et un kidnapping d'enfants… La question qu'on se pose légitimement est alors : comment la fille d'une mère meurtrie par la religion musulmane a-t-elle pu néanmoins choisir cette religion ?

Premier contact avec l'islam

Enfant, Soizic a connu son grand-père marocain, « pas si pratiquant que ça ». Mais tous les étés, elle part au Maroc avec ses cousins. « Je m'intéressais à la culture, à mes origines. » Plus tard, elle fréquente des amis musulmans dans son lycée privé catholique.

Mais, de son enfance et de sa jeunesse, elle se souvient surtout des cours d'éducation religieuse au temple protestant. Sa scolarité, elle la suit dans des établissements catholiques. Elle est croyante, très attachée à son groupe au temple. Sauf qu'entre-temps elle me dit qu'elle a « cheminé ». Elle discute avec ses amis musulmans, mais chez elle la figure de Jésus compte. Au départ, elle avoue même que certaines choses dans l'islam la « choquent », et notamment la multiplicité d'interdits.

Comment expliquer son cheminement vers l'islam ? Soizic raconte d'abord qu'elle s'est réveillée un matin, à peine âgée de 25 ans, avec une envie de lire le Coran. « Mon histoire je la trouve bizarre, je ne me rappelle pas avoir eu de grandes discussions sur l'islam. » Elle lit donc le Coran en entier, et puis elle arrête de manger du porc, et apprend les prières.

Mais lorsqu'on lui demande de creuser, d'expliquer pourquoi ce jour-là elle s'est levée avec une envie de lire le Coran, Soizic, après une longue réflexion, parle de la mort. Non pas la mort d'un proche, mais la mort d'un présentateur télé. Le journaliste décède en direct à la télévision suite à une rupture d'anévrisme. « Je me suis alors dit : qu'est-ce qu'il va se passer après ? Est-ce que je suis dans la vérité ? Si demain je disparais, alors chez les chrétiens on va au paradis, mais non c'est trop facile... » En réalité, cette mort spectaculaire réactive surtout le souvenir de la mort de son propre père, puisqu'elle m'en parle juste après... « J'ai toujours été quelqu'un de cérébral, je me suis posé beaucoup de questions avec la mort de mon père. J'avais 5 ans, il est mort d'une crise cardiaque. Je n'ai jamais eu d'insouciance. »

Comme pour Perrine, évoquée dans le deuxième portrait, la prise de conscience de la mort est souvent racontée comme un élément déclencheur du passage à l'islam. Ce qui est frappant, c'est que c'est un élément qu'on retrouve très souvent, et notamment dans des témoignages publiés de conversion, comme celui de Jacinthe Oum Jounayd, auteure de *Musulmane dans une famille française*[1].

Après cette expérience, Soizic décide d'acheter des livres de prière musulmane. Elle a alors environ 25 ans, et suit des cours pour devenir aide-soignante. Une amie musulmane issue de son milieu professionnel lui conseille d'aller à la mosquée, et l'y amène tous les soirs durant le ramadan de 2008. Elle se convertit ensuite toute seule, chez elle, sans témoin. Mais c'est trois ans plus tard qu'elle commence à s'investir réellement dans la religion. Avec un déclencheur : l'arrêt du tabac. Un élément central pour Soizic, qui date sa vraie implication dans l'islam et dans la communauté de cet événement. Sa conversion remonte à ses 27 ans. Mais, le vrai moment qui marque pour elle son entrée dans l'islam, c'est le lendemain de ses 30 ans. Lorsqu'elle décide d'arrêter la cigarette.

1. Éditions Orientica, 2009.

Une conversion initialement radicale

Soizic raconte avoir ressenti l'« euphorie du converti ». Derrière l'euphorie, ces premiers moments sont assez typiques, caractérisés par la volonté de vivre une vie personnelle remise en ordre, et une remise en question totale de la vie quotidienne. C'est la dimension protestataire et utopique de la conversion, selon Danièle Hervieu-Léger[1]. Une euphorie qui l'entraîne vers une stricte observance des interdits liés à l'islam : « Ma famille a eu peur. Et puis, en moins d'un mois, j'ai tout de suite voulu arrêter de fumer, de sortir, mes amis m'ont alors dit de me calmer. »

Cette euphorie ne résiste pas bien longtemps. Soizic se calme. Mais c'est lorsqu'elle décide de nouveau d'arrêter la cigarette, pour ses 30 ans, qu'elle entre vraiment en islam. La cigarette : ça n'est pas rien pour Soizic. C'est le catalyseur de toute sa conversion. L'arrêt de la cigarette, elle le justifie pour des raisons théologiques : « La cigarette, ça n'est pas bien à la base, dans l'islam on apprend qu'on naît avec un corps sain, alors lorsqu'on décède, on doit retourner à Dieu avec un corps sain... » Mais aussi pour des raisons pratiques : « La cigarette c'est handicapant pour la prière, si vous fumez il faut refaire toutes ses ablutions. » Arrêter de fumer lui permet ainsi de se rapprocher du « bon comportement », et de faire le tri dans ses relations précédentes : « À partir du moment où j'ai arrêté de fumer, j'ai pu faire la prière de façon assidue. Je revois mes relations avec les amis qui n'ont pas le bon comportement, les copains et copines, ça va cinq minutes... Là, j'ai changé. » Mais elle vous assure que son change-

1. *Le Pèlerin et le Converti*, *op. cit.*, p. 143 : « L'utopie se déploie progressivement à partir de cette mise en ordre intégrale de la vie quotidienne que concrétise l'observance des prescriptions religieuses. »

ment aujourd'hui est beaucoup plus contrôlé que lors des premiers temps de sa conversion.

L'adoption des pratiques religieuses et sociales

Soizic se rend assidûment à la mosquée, tous les vendredis. « Au travail, je me suis calmée », sous-entendant elle-même qu'elle imposait sa pratique dans son activité professionnelle. Elle mange halal, et sa mère respecte ses nouveaux interdits alimentaires puisqu'elle n'achète plus de porc. La famille joue évidemment un rôle très important dans l'environnement de la convertie afin qu'elle puisse vivre sereinement sa nouvelle religion. Dans le cas de Soizic, ce qui est très intéressant c'est que sa mère réactive sa religion première, la religion musulmane, pour sa fille. C'est assez typique lorsqu'il s'agit d'un converti « réaffilié », comme le note la sociologue des religions Danièle Hervieu-Léger : « Il arrive souvent que la demande de tradition qu'implique l'identification au judaïsme ou à l'islam des réaffiliés des plus jeunes ait des conséquences sur l'ensemble du groupe familial. Les intéressés ont besoin, pour vivre une vie musulmane ou juive authentique, de la coopération des leurs. Celle de la mère est particulièrement indispensable, s'agissant de l'application scrupuleuse des prescriptions alimentaires[1]. » Dans le cas de Soizic, il semble que sa mère lui ait plutôt facilité les choses, puisqu'elle s'est mise à lire le Coran : « Ma mère du coup lit le Coran, elle est très croyante. Tous les matins, elle lit la Bible et elle récite un verset du Coran en arabe, que mon grand-père lui a appris. » L'implication des proches dans le changement de religion est l'un des conseils qu'on retrouve dans chacun des livres de récits de conversion :

1. *Ibid.*, p. 125.

> Le but est de les impliquer dans votre changement, de leur montrer, que, même si c'est sûr, vous allez changer, vous restez en tout cas leur enfant, et que votre amour pour eux est intact [...] Ne négligez pas l'importance du comportement, l'islam devrait vous faire devenir plus sage, plus aimant envers vos parents. En vous voyant épanoui en islam, ils sauront mieux vous accepter[1].

Une implication des proches qui peut aller jusqu'à la conversion d'autres membres de la famille. C'est quelque chose de fréquent chez les converties : dans mon panel, j'ai ainsi plusieurs conversions qui ont entraîné d'autres conversions. Dans le cas de Soizic, c'est sa grande sœur qui s'est également convertie il y a deux ans, après avoir épousé un Tunisien. Et les converties espèrent et travaillent souvent à la conversion des membres de leur famille.

L'engagement politique

Avec la conversion, et l'envie d'arrêter totalement de fumer, Soizic décide d'investir l'argent ainsi économisé dans une cause politique, la Palestine : « Avec l'argent économisé, je me suis dit : autant l'investir dans une cause juste, la cause palestinienne. » Un engagement qui ne naît pas *ex nihilo*, mais provient de ses fréquentations de la communauté musulmane. Sauf que sur le sujet Soizic est muette, comme si elle avait, seule, choisi cette implication politique.

Sur internet, sans être véritablement guidée selon son propre récit, elle découvre l'existence de l'association Euro-Palestine. Et décide de participer à un voyage à Bethléem. Peu au fait de la situation, elle se retrouve bloquée à l'aéro-

1. Jacinthe Oum Jounayd, *Musulmane dans une famille française*, *op. cit.*, p. 43-44.

port à Bruxelles et ne peut embarquer. Avec les militants, ils décident alors de repartir, à Gaza, mais sans passer par le circuit normal. Direction l'Égypte, puis le Sinaï et le terminal de Rafah. « Ça a duré une semaine. J'ai alors pris conscience du blocus qu'il y a sur cette ville. Des gens enfermés. Du coup j'ai gardé des contacts, mais, vous vous rendez compte, on ne peut même pas inviter un ami palestinien ici... Les gens ne peuvent pas prendre de passeport, on a vu les drones, les avions passer... »

Voilà comment l'association militante sensibilise une jeune femme convertie à la cause palestinienne... et fait découvrir la situation catastrophique des Gazaouis à ses militants. Mais lorsque je lui demande pourquoi elle s'est rapprochée de cette association, elle qui n'était pas politisée, ni militante d'aucune association, elle répond simplement que c'est « quelque chose qui revient très souvent dans la communauté musulmane ». Comme si cet engagement politique la faisait davantage entrer dans la communauté, dans ses préoccupations et ses combats. À la suite de son voyage à Gaza, elle a d'ailleurs décidé de se couvrir les cheveux : elle porte un bandeau noir.

C'est elle qui a parlé spontanément de son engagement pour la cause palestinienne. Je lui pose donc des questions sur son rapport aux juifs en France. « Je n'ai pas d'amis juifs », me répond-elle, mais sans s'étendre. Je la questionne sur l'affaire Merah.

L'affaire Merah

« L'affaire Merah ? C'est un gros coup. Je crois que c'est une grosse arnaque. Une petite frappe de 21 ans, ils mettent trois jours à l'arrêter ? L'islam n'enseigne pas d'aller tuer des gens... Ça tombait au moment des élections, c'est très gros, c'est toujours le même scénario. » Voilà comment Soizic se désolidarise d'un Merah : en niant la réalité des faits. Impossible pour cette jeune convertie d'accepter qu'on ait décidé de tuer au nom de l'islam. Il s'agit forcément d'une instrumentalisation contre la communauté musulmane, ce qui lui permet de défendre sa nouvelle communauté dans un second temps. Après, si je lui demande ce qu'elle pense de l'islam et de l'engagement radical, voilà ses mots : « À chacun son interprétation, mais il y en a qui me font peur. Ils pratiquent selon ce qu'ils comprennent, mais on n'a pas la même position. »

Quelle interprétation de l'islam ?

« Il y a toujours des tas d'avis, et on est un peu perdus. » Soizic n'a pas forcément toutes les ressources pour avancer seule dans la foi. Aussi, elle dit avoir arrêté les cours de religion qu'elle suivait pendant le ramadan. « Il faut faire attention dans l'application de la religion. Il y a des fois où je prends du recul. » Elle a été approchée par une secte musulmane connue, et dit avoir reçu un sms d'avertissement. Aujourd'hui, elle se fie à un ami, tunisien. « Je m'en remets à un ami musulman. Il m'a inspiré la confiance de par son comportement. C'est quelqu'un qui m'a montré le bon visage de l'islam. »

Le rapport à la laïcité

Travail et religion

Au travail, Soizic souhaiterait pouvoir pratiquer davantage : « Je trouve ça dommage de ne pas pouvoir exercer en étant voilée », me répond-elle quand je l'interroge sur l'affaire Baby Loup. Quant à ses prières, elle les « rattrape » le soir, ne pouvant les faire sur son lieu de travail.

Soizic voudrait convaincre ses collègues de travail de la beauté de sa nouvelle religion, au-delà des préjugés. Elle cite les réflexions que lui font ses collègues : « J'ai discuté cette semaine avec une collègue qui me disait : tu es habillée en long… il ne te manque plus que le voile… J'ai vu une fille voilée ce matin, elle n'avait pas l'air agréable ! » Soizic pense que ces propos sont liés à une méconnaissance de l'islam : « Les gens qui ne côtoient pas de musulmans, alors je peux comprendre qu'ils aient une mauvaise image de l'islam. C'est à nous musulmans de donner une bonne image. J'aimerais changer le regard sur cette religion. » Du coup, Soizic se force quasiment à être encore plus sympathique : « Je rigole avec mes collègues, je ne fais pas de remarques sur leurs pratiques, je cherche à être sympa ; tout est dans le comportement. » Dans cette dimension prosélyte de l'islam, Soizic a même offert un Coran à une de ses amies.

Le respect de la mixité

Se convertir, cela signifie aussi pour Soizic adopter de nouveaux modes de relation entre hommes et femmes. Toutes les jeunes femmes converties ont tendance à dire qu'elles étaient pudiques et discrètes avant leur conversion, comme pour faire le lien entre leur nature intérieure et le choix de l'islam. Mais la pudeur et la réserve de leur vie précédente n'ont rien à voir avec les règles qu'elles s'imposent une fois converties. Une réflexion et des règles très strictes que s'impose Soizic : « Tout est dans le comportement. On met des limites. Dans mes activités je suis en contact avec des hommes, je ne dois pas leur serrer la main. Serrer la main, c'est interdit apparemment, parce que ça annule les ablutions. Ensuite, c'est aussi parce que serrer la main ou faire la bise, ça peut donner du désir. »

Un entre-deux-mondes

Appartenir à un groupe de converties

Soizic fait partie d'un groupe de converties, avec lesquelles elle organise des repas, mais elle le dit elle-même, elle se sent un peu « décalée » dans ce groupe : « Avec les autres converties on s'entend bien, maintenant j'étale pas mes soirées sur Facebook… alors certes je ne bois pas d'alcool, mais enfin, elles ont la vingtaine, et les choses ont beaucoup évolué… Là j'ai l'impression que tout le monde a besoin de montrer qu'il est bien musulman. Les filles ne mettaient pas le voile avant… » Soizic juge donc les autres membres de sa communauté, dans une négociation permanente entre ce qu'elle est, ce qu'elle souhaiterait être. Elle commence par me dire, par exemple, que dans l'affaire Baby Loup elle souhaiterait que les femmes puissent travailler voilées, puis, un peu plus tard dans la discussion, parle de concessions : « On est dans un contexte où on est obligées de faire des concessions. Aller travailler, se voiler en sortant du travail, ça je le ferai : je ne l'imposerai pas. »

Décalée avec les converties, décalée avec les musulmans également… Pour Soizic, la principale difficulté pour son intégration dans la communauté, comme pour la pratique de la religion est de ne pas être mariée. Elle vous le dit, elle aimerait faire la Omra, le petit pèlerinage à La Mecque, puisqu'il fait partie des obligations pour tout musulman qui a les moyens, à la fois en termes de santé et financièrement, de le faire au moins une fois dans sa vie. « J'irai quand je serai mariée, pour l'instant je ne peux pas y aller si je ne suis pas avec mon mari ou avec mon grand frère. »

C'est d'ailleurs une question qui est débattue sur les sites d'information musulmane… Comme sur celui-ci, destiné au public français, www.lepelerinage.com :

Une femme seule peut-elle partir en Omra ?

La femme doit normalement être accompagnée de son mari. À défaut de son mari, la femme doit être accompagnée d'un mahram, c'est-à-dire un homme avec lequel elle ne pourra jamais se marier en raison de leur lien de parenté. Celui-ci doit être musulman, pubère et sain d'esprit. À défaut d'un mahram, elle peut être prise en charge par un groupe de pèlerins sûr comportant au moins une femme.

Comment trouver un mari ?
De la difficulté d'être convertie

Soizic vit très mal son célibat, comme beaucoup de jeunes femmes célibataires non converties par ailleurs. À 30 ans, elle n'a jamais emménagé avec personne, et vit encore chez sa mère : « Ça m'a mis une claque mes 30 ans. Je me suis dit, tu as 30 ans, et tu es toujours seule… »

Mais Soizic est surtout très angoissée par la question car son identité de convertie complique la tâche. Depuis sa conversion, elle n'a réussi à vivre aucune histoire d'amour. Selon ses propres mots, soit les hommes qu'elle rencontre trouvent qu'elle est trop investie dans l'islam, soit les musulmans avec lesquels elle sort considèrent qu'elle n'est pas encore suffisamment investie – et notamment parce qu'elle n'est pas voilée. Sortir avec un non-musulman lui semble inenvisageable aujourd'hui…

Ces interrogations reflètent un problème d'identité inhérent à tout converti qui souhaiterait appartenir à une communauté. Comme le souligne Géraldine Mossière, c'est bien au sein des unions mixtes entre femmes converties et musulmans de naissance que les tensions sont les plus fortes[1] : et de

1. Géraldine Mossière, *Converties à l'islam*, *op. cit.*, p. 177.

cela, Soizic a bien conscience. Ce qui amplifie ses doutes sur sa capacité à trouver un mari si elle reste dans ce qui semble être un « entre-deux-mondes ». Soizic, « dans le mouv' », selon ses termes, est tiraillée : « Je ne sais pas quoi faire : d'un côté, je veux avancer dans la foi et porter le voile plus tard. En même temps, je ne peux nier tout ce que j'étais avant la conversion. J'ai arrêté la cigarette et c'est déjà beaucoup. Dans un pub, je me dis que je ne suis pas à ma place le soir, mais finalement j'y vais quand même. »

Une tension, et un paradoxe, car si la démarche de Soizic est celle de s'inscrire dans une communauté, elle a pourtant décidé de garder son prénom de naissance : « Je n'ai pas choisi de prénom de conversion et ça n'est pas une obligation. C'est mon père qui l'a choisi. »

Se marier avec un musulman : besoin d'un tuteur ?

Soizic m'explique qu'en tant que convertie elle aurait sans doute besoin d'un tuteur, un « mahram » : si elle plaît à un homme à la mosquée, alors cet homme peut s'adresser à son tuteur. Une personne fondamentale dans le cas des converties qui n'ont ni père ni frère musulman pour faire le relais. Une pratique qui n'a cours que dans certains courants, plutôt salafistes, de l'islam. Soizic est dubitative, mais elle en parle tout de même : « Moi, c'est pas trop ma vision, est-ce que je suis dans le vrai ou dans le faux ? Il faut que je connaisse la personne quand même… » Une pratique confirmée par Karim Abou Jidal, de l'association Miséricorde pour l'humanité, qui s'occupe de prédication et du suivi des convertis. « Les relations hors mariage sont interdites, donc ça limite les à-côtés… Moi, si je connais un homme qui veut se marier, et une femme qui veut se marier, je peux être un intermédiaire. Après, on essaie de les suivre… »

Tiraillée entre deux mondes, Soizic vit douloureusement son identité de convertie. « Je peux vite me laisser aller, et ce n'est pas évident, il y a quand même le regard des gens, il y en a qui ne sont pas tolérants et, du coup, il y a des jugements. Mais balaye devant ta porte, et après tu pourras te soucier de mon cas… » Tiraillée entre une grande foi et la difficulté d'adopter un mode de vie différent. Un exemple d'une jeune femme au mode de vie totalement occidental, et qui a du mal à s'en détacher. Sur sa table de chevet, le livre qui l'accompagne, confie-t-elle, est celui de Sofiane Meziani, *L'Islam entre cœur et intelligence. Un pas vers la réforme, par un retour à l'essentiel.* Une critique en règle de l'Occident individualiste et désenchanté : « Dans l'univers occidental tout se fonde sur la seule rationalité : l'Homme moderne est devenu, en quelque sorte, le propriétaire du monde, l'ultime gérant. Si, par le passé, il était soumis aveuglément au pouvoir ecclésiastique, il s'est arrogé par la suite la gouvernance du monde par le biais de la raison. L'Occident a connu ainsi les deux excès dont parle Pascal : exclure la raison, n'admettre que la raison. L'Occident est passé d'un extrême à l'autre. Si aujourd'hui il vit des tensions, c'est parce qu'il a évolué dans l'excès et la rupture, sans jamais toutefois trouver le juste milieu entre la soumission aveugle et le pouvoir absolu. En clair, il n'est demandé à l'homme ni d'être un esclave ni d'être un dieu, mais simplement un gérant : “Lorsque ton Seigneur confia aux anges : Je vais établir sur la terre un gérant” (2, 30) Il se sert de la raison à la lumière de la Révélation pour être un gérant clairvoyant. Le juste milieu entre la soumission obscurantiste du Moyen Âge et le règne aveugle de la raison, issu des Lumières, est bien la gérance clairvoyante de l'islam[1]. »

1. Éditions Maison d'Ennour, 2011, p. 173.

Cécile Naima, musicienne soufie

Cécile Naima est professeur de musique dans un conservatoire en Bretagne. Elle est devenue soufie en octobre 2011. Harpe et soufisme renvoient d'emblée à l'image d'un islam intérieur, apaisé et mystique. C'est d'ailleurs par la musique que le soufisme attire encore aujourd'hui nombre de personnes : c'est le cas des groupes de musique soufie comme les derviches tourneurs... Méconnu mais fascinant, le soufisme a toujours été entouré d'un « halo de mystère », comme le rappelle le spécialiste Loïc Le Pape[1]. En France, les convertis soufis ont tous cheminé vers l'islam après la lecture de René Guénon. Né en 1886 au sein de la bourgeoisie catholique de Blois, adepte de l'occultisme, puis initié au soufisme et converti à l'islam mystique, René Guénon, en grand pourfendeur de la modernité démocratique et individualiste, voulait, par la conversion à l'islam, redonner à l'Occident une voie spirituelle perdue.

Le parcours de conversion de Naima – même si les soufis préfèrent parler de « convergence » plutôt que de « conversion » – a eu lieu suite à sa rencontre avec un de

1. Loïc Le Pape, « Engagements religieux, engagements politiques. Conversions dans une confrérie musulmane », *Archives de sciences sociales des religions*, n° 140, octobre-décembre 2007.

ses collègues initié au soufisme depuis une vingtaine d'années. « Cela a pris forme à mon insu, c'est un appel, et la rencontre a été le déclencheur », résume Naima. Elle forme désormais avec lui un couple de convertis, et fréquente la communauté Pallavicini de Milan, du nom du Cheikh Abd al-Wahid Pallavicini, descendant spirituel autoproclamé de René Guénon[1].

La religion au sein de la famille

De mère croyante mais non pratiquante, et de père agnostique, Naima a reçu une éducation chrétienne. Sa famille est proche du milieu des prêtres ouvriers. Une fois revenus en Bretagne d'où ils sont originaires, ses parents décident donc de la faire baptiser. Elle suit le catéchisme avec les prêtres ouvriers, jusqu'à son entrée en troisième, et fait sa première communion, puis sa profession de foi.

« Les rituels ont toujours fait partie de ma vie. » Naima se souvient des fêtes qui ont rythmé son enfance : les veillées, les rituels autour de la mort, très présents en Bretagne. Naima fait tout de suite le lien entre ces rituels et l'islam, comme si cette éducation chrétienne et ses traditions familiales avaient en quelque sorte préparé son chemin de conversion : « Avec mes arrière-grands-parents il y avait des veillées : c'est un rituel qui a démystifié la mort, c'est important car c'est un temps pour entrer dans le détachement. En islam, il existe la mort intérieure à nous-mêmes pour se rapprocher de Dieu, distincte de la mort physique. Pour nous, notre vie sur terre n'est qu'un passage qui nous prépare à ce qu'on pourra vivre dans l'autre monde. »

Son éducation compte beaucoup, ses parents étant ouverts à toutes les religions. Mais Naima ne connaît pas encore

1. *Ibid.*

de musulmans. Son premier contact avec des musulmans a lieu à Jérusalem, où elle passe un concours international, à la sortie du conservatoire. Mais sans que ces rencontres suscitent un questionnement personnel. Mariée ensuite avec un agnostique (selon lui), athée (selon elle), elle s'éloigne complètement de la religion. Ensemble, ils ont une fille, aujourd'hui âgée de 18 ans, à laquelle ils ne donnent pas d'éducation religieuse. « Pendant toutes ces années-là, je croyais qu'il y avait quelque chose au-dessus de nous, mais je ne me disais pas que je croyais en Dieu. »

Le parcours de conversion

L'histoire de Naima résume à elle seule les étapes de la conversion propre au soufisme : d'abord la méditation de l'œuvre de René Guénon, puis la conversion et le regroupement dans une institution[1]. La conversion de Naima est clairement liée à sa rencontre avec son futur mari, musicien comme elle au conservatoire où elle enseigne. Lui est converti à l'islam depuis une vingtaine d'années, et a élevé ses deux enfants dans l'islam. Lorsqu'ils commencent à se fréquenter, elle ne sait pas qu'il est converti, lui ne sait pas qu'elle n'a pas de pratique religieuse.

Une conversion à la religion avant l'adhésion à l'islam

Dès le début de sa rencontre avec son compagnon, les échanges spirituels prennent beaucoup d'importance dans leur relation. Petit à petit, Naima veut en savoir plus sur le soufisme, et se rend dans une librairie. Mais c'est son compagnon qui lui conseille de lire *La Crise du monde*

1. *Ibid.*

moderne, de René Guénon. S'ensuit une « conversion à la religion[1] ». Naima est plongée dans un questionnement spirituel, et tente dans un premier temps de se tourner vers sa religion d'origine, la religion catholique : « J'ai repris une pratique au sein de la religion chrétienne peu de temps après notre rencontre. Pour reprendre contact avec Dieu, mais je ne me sentais pas à ma place. J'aurais pu revenir à une tradition chrétienne. Je suis allée une ou deux fois à l'église, mais je ne me sentais pas à ma place. » Étape successive, pour Naima, c'est dans l'islam que sa recherche spirituelle prend corps.

La conversion : une appropriation personnelle

Petit à petit, pour Naima, l'idée de se convertir fait son chemin. Mais avant de se convertir, elle dit vouloir s'assurer qu'il s'agit bien d'une démarche personnelle : « Je sentais que j'allais le faire, mais je voulais être sûre que c'était pour moi, que c'est Dieu qui l'avait voulu aussi. J'avais besoin d'une vérification des choses à un niveau intérieur, alors j'ai commencé à lire le Coran. » Sa conversion a lieu un an et demi après le début de son histoire amoureuse, à Milan, dans le centre Pallavicini que fréquente son compagnon. Historiquement, les convertis soufis étant peu nombreux en France, et notamment loin de Paris, ils ont décidé de s'associer avec les convertis italiens à Milan, et pratiquent en groupe. Une fois par mois, ils se rendent à Milan dans la mosquée que gère la communauté pour pratiquer notamment

1. *Ibid.*, p. 12 : « La conversion est d'abord spirituelle, c'est-à-dire qu'elle n'est pas attachée à une quelconque forme religieuse, fidèle en cela à la pensée guénonienne de la Tradition [...] La méditation de Guénon entraîne donc une conversion à la religion, c'est-à-dire un changement d'état d'esprit, une nouvelle façon d'envisager son rapport au monde ainsi que son rapport à la divinité. »

le dhikr, la prière mystique musulmane[1]. C'est au cours de l'une de ces séances qu'a lieu la conversion de Naima.

Les femmes sont dans la même pièce que les hommes, mais placées derrière eux, aussi Naima doit s'avancer vers son mari. C'est lui qui lui « transmet » la shahada, selon les termes de Naima. Entre deux prières rituelles, elle prononce sa phrase en arabe, devant la communauté, avec une grande émotion : « J'ai prononcé cette phrase en arabe, la langue sacrée, c'est une tradition séculaire, c'est un enseignement qui nous dépasse ! » Et une immense joie : « J'ai ressenti une immense joie, j'ai salué tout le monde ! Ma fille était là, je l'ai embrassée. » Ses témoins sont une femme convertie de la communauté, et sa belle-fille.

À l'inverse de beaucoup d'autres femmes converties, la conversion est un moment sacré pour Naima, et marque véritablement, pour elle, son entrée dans la communauté. Ça n'est d'ailleurs qu'après sa conversion que Naima s'autorise à prier : « J'ai prié une fois convertie, les prières sont valides mais uniquement si on a prononcé la profession de foi. » Pour une soufie, c'est la pratique religieuse qui la fait entrer dans la communauté musulmane, et qui lui donne sa véritable identité musulmane.

L'entrée dans une communauté très forte

L'entrée dans la communauté est le troisième moment du parcours de conversion de Naima. Et cette communauté est très forte, en témoigne le fait que Naima ne peut s'empêcher devant moi d'appeler ses membres, « frère » et « sœur ». « Ce serait limitatif de dire que c'est uniquement de l'amitié », confie Naima. Des frères et des sœurs qui sont présents à chaque nouvelle étape de sa vie de croyante après sa conversion, comme lors de son mariage religieux, où ses

1. *Ibid.*, p. 13.

deux témoins de mariage sont deux femmes issues de la communauté. Les enfants de chacun des deux époux sont présents, mais pas les parents de Naima. Naima, comme tous les membres de son groupe, est donc dans une démarche à la fois individuelle, très spirituelle, mais profondément collective.

L'islam soufi, un islam intérieur et intégraliste

L'islam soufi tel que le vit Naima est à la fois un islam très intérieur, peu soucieux des ostentations, mais également intégraliste, dans le sens où il encadre toutes les dimensions de sa vie. Elle le dit elle-même : « Le soufisme oriente tous les moments de la vie, c'est une recherche perpétuelle. Nous pensons qu'il ne faut pas séparer la religion du travail ni de la vie. »

L'adoption des pratiques religieuses et sociales

Très rapidement après sa conversion, la vie de Naima a donc été entièrement bouleversée. La prière organise désormais les journées de Naima. Lorsqu'elle ne peut pas les faire, elle les rattrape. Concernant les interdits alimentaires et l'interdiction de consommer de l'alcool, Naima les applique à la lettre, sans difficulté. Pour la viande, elle a tenté plusieurs fois d'aller dans des boucheries halal, mais sans être satisfaite de la qualité.

Dans sa vie de croyante, le moment le plus important reste celui du ramadan, comme toutes les femmes converties rencontrées : « C'est un moment de bénédiction incroyable ! C'est une approche du détachement, c'est quelque chose que l'on offre à Dieu, c'est lui qui l'agrée ou pas. C'est des moments de grâce, tout le Coran est dit pendant le ramadan, alors c'est l'occasion unique de pouvoir tout écouter. »

Autre étape fondamentale, le pèlerinage qu'elle espère pouvoir faire, elle en parle d'ailleurs avec des mots très forts : « Pour La Mecque, il faudra savoir saisir l'ouverture. Le pèlerinage, c'est la vie. »

Tension entre l'appartenance à la communauté soufie et à l'oumma

La difficulté pour une musulmane convertie soufie, c'est qu'elle fait partie d'une communauté à part entière, dans laquelle les membres se nomment entre eux « frère » et « sœur », tout en s'inscrivant également dans l'oumma, la communauté musulmane. « On est dans une communauté de pensée, mais il ne faut pas oublier qu'on appartient à une communauté élargie. » Et cette communauté élargie, c'est l'oumma, la grande communauté musulmane, que Naima définit prudemment comme « pluriformelle ». Naima ne critique pas les autres lectures de l'islam, et défend son appartenance à l'oumma. Mais la stricte observance de la religion est, dans sa lecture personnelle de l'islam, réductrice : « La religion est limitative. Elle donne un cadre, les prières sont aussi là pour nous rappeler notre état de serviteur. Mais il faut apprendre à les dépasser. » On entend, en creux, une critique de l'islam non mystique. Naima a même eu quelques expériences désagréables à la mosquée, où elle se rend fréquemment. C'est certainement dans ce cadre-là que la différence d'approche entre l'islam soufi et les autres courants est la plus flagrante. Naima défend une religion très spirituelle, loin de l'ostentation qu'elle peut parfois ressentir dans les mosquées : « Parfois, il y a des femmes qui viennent me remettre le foulard car j'ai des cheveux qui dépassent. Mais ça n'est pas à elles de me juger ! C'est à Dieu de me juger ! »

N'ayant pas d'amies musulmanes avec lesquelles se rendre à la mosquée de Rennes, Naima avoue être parfois découragée par ces réflexions ou ces gestes, mais elle s'impose tout de même de continuer à s'y rendre : « Il faut faire cet effort d'aller à la mosquée, il faut dépasser ses barrières. Moi-même je me dis qu'il faudrait que j'y aille plus, il faut essayer de faire avec là où on est. » Elle a donc le souci d'entretenir un contact avec des musulmans non soufis, ce qui n'est pas forcément le cas de tous les soufis[1].

Refus du port du voile

En dehors de la mosquée ou des temps de prière, Naima ne portera sans doute jamais le voile. « Dans la vie de tous les jours, non, ça n'est pas ma tradition, en Orient je comprends, mais en Occident… » Le voile est pour elle très clairement un signe de soumission à Dieu, et non pour se soustraire aux regards des hommes, mais elle fait partie d'une autre tradition culturelle. Dans cette optique, elle défend une vision complémentaire des deux sexes, à l'occidentale, tout en acceptant les règles du jeu de l'union entre musulmans : « La femme est sous la protection juridique de son mari dans le couple musulman, mais nous, nous sommes tout le temps en échange et en dialogue. Et dans la communauté, les hommes et les femmes sont ensemble pour rechercher. » Le divorce est, dans sa lecture, un droit octroyé par Dieu, mais qu'il faut absolument éviter. « Quand on se marie, le divorce, c'est une possibilité qu'on a, mais il faut trouver une revivification de la foi… Il ne faut pas attendre qu'il y ait des questions, il faut beaucoup d'échanges et de sincérité dans le couple. Le divorce est un droit que Dieu nous donne, mais il faut faire en sorte de ne pas en arriver là. Il y a des hommes et des femmes qui divorcent, je ne porte pas de jugement, j'observe que ça existe. »

1. *Ibid.*

Un islam intérieur et apaisé, supérieur aux autres religions

Depuis sa conversion, Naima se dit changée, plus spirituelle, plus exigeante également. Elle aime la spiritualité propre au soufisme : « L'engagement spirituel envers Dieu est possible à travers le soufisme, et ça n'existe pas chez les chrétiens. » Une spiritualité qui a conduit chez elle à des changements d'ordre intérieur : « J'ai un tempérament calme naturellement, avec beaucoup de volonté et d'énergie. J'ai tendance à vouloir faire les choses rapidement. Maintenant, j'essaie de prendre de la hauteur, je vais moins vite. » Des changements qu'elle ressent également dans sa relation avec sa nouvelle famille : « C'est différent du premier mariage, il y a plus d'échanges. » Pour autant, Naima dit avoir conservé de très bons rapports avec ses parents, qui ont accepté son parcours de conversion, et avec ses anciens amis. Hors de question pour elle d'influencer sa fille : « Ce que je souhaite, c'est qu'elle trouve son chemin. » Un de ses deux frères s'est également converti à l'islam, il y a deux ans. Sans aucune influence de sa part selon Naima, mais qui s'emploie à témoigner de sa religion dans chacun de ses gestes.

Il y a une exigence dans l'islam et dans le soufisme en particulier que Naima tente de transmettre. Quitte à penser que l'islam est supérieur aux autres religions du Livre. « Si Dieu a placé des révélations dans le temps, ce n'est pas le hasard. Dieu a fait en sorte que les trois révélations (juive, chrétienne et musulmane) soient données dans le temps. L'islam est l'une des plus adaptées aux temps actuels. Finalement, c'est celle qui, dans sa doctrine, reconnaît toutes les religions précédentes et les englobe. » La dernière révélation de l'islam, chronologiquement postérieure au judaïsme et au christianisme, vient dans cette lecture confirmer les révélations précédentes, et les compléter.

L'engagement en faveur d'une meilleure image de l'islam

Alors qu'il y a une dimension très intérieure dans l'islam soufi de Naima, le témoignage est également central pour elle, qui est engagée dans l'Institut des hautes études islamiques (IHEI), une association née en 1994 qui regroupe une quinzaine de convertis. C'est par cette association que je suis entrée en contact avec Naima. Une association née du constat d'une méconnaissance de l'islam. L'une des causes des mauvaises images de l'islam, sans entrer dans le débat de ses représentations médiatiques, est principalement liée aux pratiques intégristes, mais bien plus aux actes de terrorisme commis au nom de l'islam.

L'État islamique

Au moment de terminer le portrait de Naima, celle-ci nous a spontanément fait parvenir un lien vers un article publié sur le site de Mediapart, « L'islam à l'épreuve de ses contrefaçons », par le vice-président de l'Institut des hautes études islamiques[1]. Naima s'inscrit donc pleinement dans une condamnation de l'État islamique, et souhaitait me le faire savoir. Voici, par exemple, un extrait de cette tribune :

> L'islam dit radical, qui conduit à la violence, n'est qu'une instrumentalisation de la religion à des fins idéologiques, que leurs

1. Publié le 18 septembre 2014 sur le site Mediapart, http://blogs.mediapart.fr/edition/les-invites-de-mediapart/article/180914/l-islam-l-epreuve-de-ses-contrefac-ons.

visées soient politiques, nationalistes ou encore économiques. L'islam n'est d'ailleurs pas la seule religion victime d'une telle instrumentalisation pour des fins qui lui sont étrangères. C'est donc à l'aune des principes et des pratiques de cet islam authentique, comme à celle des autres religions tout aussi authentiques, que nous voulons ici dénoncer les prétentions de groupes faussement islamiques, mais véritablement barbares et terroristes, qui prétendent légitimer leur action au nom de l'islam. Plusieurs points méritent d'être éclaircis, qui reviennent de façon récurrente dans ces prétentions, et qui sont fréquemment relayés par les médias : d'abord l'exclusivisme religieux, puis le rejet et la haine des autres communautés ; ensuite la confusion du spirituel et du temporel, qui conduit à une conception dévoyée du prétendu jihad et à une parodie du califat ; enfin l'appel à la conversion comme licence pour exercer une violence aveugle.

Autant dire que l'affaire Merah a, pour Naima, été très difficile à vivre : « Je me demande où est la recherche de Dieu là-dedans. Ce sont des déviations graves. Elles ont toutes des conséquences, mais ça ne change rien sur Dieu. En revanche, ça change sur l'image qu'on peut avoir à l'extérieur. C'est dommage qu'on ne puisse pas approcher au plus près de la vérité de ce qu'est l'islam. Ces phénomènes amènent à une inversion de la compréhension des choses. » Un discours très clair, mais qui a plus comme visée celle de défendre une juste image de l'islam, à travers une clef de lecture très spirituelle. Merah ne serait qu'un signe de « la fin des temps » dans sa lecture : « Dieu dans le Coran le dit, plus on ira vers la fin des temps, et plus on aura des signes d'inversion, de confusion. On vit une période troublée et c'est quelque chose qui a été annoncé dans le Coran, donc il faut s'y préparer le mieux possible. »

Les soufis comme interlocuteurs des pouvoirs publics

À côté d'un travail pédagogique de connaissance de l'islam, l'association s'est également impliquée pour devenir interlocutrice des pouvoirs publics, combats antérieurs à la conversion de Naima, mais qu'elle a naturellement évoqués au cours de notre rencontre.

L'association s'est par exemple aujourd'hui rapprochée de la Mosquée de Lyon pour tenter d'apporter du contenu en matière de foi aux candidats à la conversion. L'un des membres de l'IHEI, Christophe Abd al-Qouddous Jibrîl Gouraud, converti, est devenu l'un des trois responsables du service conversion de la Mosquée. Il s'occupe de fournir notamment du contenu avant la shahada, en proposant une formation qui dure dix semaines, dispensée de manière gratuite. Une responsabilité qui l'amène à porter son attention sur les nouveaux convertis, sur leurs motivations. Quand ils poussent la porte du service des conversions à la Mosquée de Lyon, les candidats doivent remplir une feuille de motivation. Des motivations assez nobles, selon ce que m'a confié lors d'une interview Christophe Abd al-Qouddous Jibrîl Gouraud : « Dans les femmes qui viennent à la mosquée, on ne rencontre pas de formalistes, pas d'extrêmes. Elles ont toutes déjà une foi, mais elles ne savent pas la décrire. On a des gens qui viennent par le biais d'une relation amoureuse. On a souvent des gens qui vivent en couple, et c'est le couple qui a permis la démarche. Je n'ai en revanche jamais vu de profils de personnes qui s'obligent à se convertir par pression du mari. »

Au-delà des motivations, c'est également la question des interprétations de l'islam auxquelles les convertis vont être ensuite confrontés. Toutes choses dont a parfaitement conscience Christophe Abd al-Qouddous Jibrîl Gouraud : « Aujourd'hui, les gens se jugent et prétendent détenir la vérité. Certains convertis ne veulent pas s'afficher, et d'autant plus chez les femmes. Il y a de plus en plus d'intégristes, qui vont mettre une pression psychologique. Pour les hommes, c'est du bourrage de crâne. Pour les femmes, c'est plus direct : les femmes entre elles ne se font pas de cadeau, si une porte un vêtement court, ou laisse dépasser des cheveux, il y aura des réflexions. »

Voilà en des termes très clairs une condamnation de pratiques littéralistes, voire intégristes, qui rappellent les critiques formulées par Naima. Au cœur de l'engagement des soufis, reste également l'engagement en faveur du dialogue interreligieux, mis en avant par Naima.

Importance du dialogue interreligieux

Naima a évoqué une supériorité de la révélation musulmane par rapport aux deux autres religions du Livre. Mais malgré cette supériorité estimée de l'islam, religion la mieux adaptée aux temps présents, Naima défend profondément le dialogue interreligieux. Le dialogue islamo-chrétien a toujours été central pour les soufis. Naima cite en exemple les échanges entre le pape Jean-Paul II et le Cheikh Abd al-Wahid Pallavicini, président de sa communauté, lors des rencontres interreligieuses d'Assise en Italie, qui avaient été mises en place par le pape dès 1986. Elle-même continue d'ailleurs de fréquenter des lieux de culte chrétiens, avec respect : « Dieu a mis à disposition des lieux différents de prière. C'est un lieu sacré, on vit en Occident, il y a des lieux splendides. » Sa communauté a également participé aux trois rencontres mondiales intitulées Imams et Rabbins pour la paix, dont la dernière a eu lieu en 2008 à Paris à l'UNESCO.

Reconnaissance de la laïcité à la française

Le discours de Naima sur la laïcité à la française est un discours positif, qui s'inscrit dans un souci de comparaison avec la situation de l'islam dans des pays où la religion n'est pas reconnue, comme l'Italie par exemple, pays d'origine de sa communauté : « La laïcité à la française est capable d'offrir un cadre où toutes les expressions religieuses peuvent vivre. La France est un pays pluriculturel, les choses se passent bien, ce qui n'est pas le cas ailleurs : en Italie par exemple l'islam n'est pas reconnu. » La communauté Pallavicini tente d'ailleurs de peser dans les débats en Italie qui pourraient aboutir à une reconnaissance de l'islam. Elle tente donc de se définir comme un interlocuteur des pouvoirs publics. Un engagement qui a inspiré la petite sœur française, l'IHEI : « En créant l'IHEI sur le modèle de la CoReIs (communauté religieuse islamique), les convertis français ont scellé une volonté d'engagement public et une implication dans les négociations alors en cours sur la représentativité de l'islam français. Ils ont progressivement basculé d'une vie contemplative et mystique à une vie plus engagée publiquement et politiquement en faveur de l'islam[1]. » Sur ce thème, Naima souhaiterait un interlocuteur pour les pouvoirs publics représentatif de l'islam, capable de rassembler une majorité de musulmans et attentif à préserver une certaine spiritualité dans la laïcité.

C'est bien le sens du message du Cheikh Abd al-Wahid Pallavicini, dont Naima nous a envoyé le livre :

> On remarque, par ailleurs, que même les musulmans d'origine, qu'ils soient immigrés ou français de plusieurs générations, subissent cette influence de la mentalité « sécularisée » qui tend

1. Loïc Le Pape, art. cit., p. 15.

> plus à séparer le spirituel du temporel qu'à les distinguer : probablement à cause d'une sorte de complexe d'infériorité, ils préfèrent renoncer à leur identité religieuse, plus par mimétisme que par volonté d'intégration réelle, privant ainsi la société de la contribution véritable qu'ils pourraient apporter. À l'extrême inverse, d'autres musulmans, mus par l'arrogance et l'ignorance, confondent les choses à travers une interprétation littéraliste et formaliste de la religion vidée de sa dimension spirituelle, ce qui les amène à s'opposer aux règles et au contexte culturel de la société contemporaine. Ainsi, être de bons citoyens français devrait résulter, pour les musulmans, de leurs propres valeurs spirituelles, et non d'une adaptation passive au milieu social, de même qu'être un bon musulman ne saurait impliquer une attitude de rejet ou de révolte à l'égard de la société[1].

Naima défend un engagement public en tant que convertie soufie au nom de valeurs spirituelles, que ce soit à travers le témoignage, le dialogue interreligieux. C'est également la seule des personnes rencontrées qui nous ait fait parvenir un livre à notre domicile, celui du Cheikh Abd al-Wahid Pallavicini, *L'Islam intérieur, message d'un maître soufi*[2].

1. Éditions Bartillat, 2013.
2. *Ibid.*

Claire, psychologue et féministe musulmane

Née en région parisienne, Claire a grandi en Bretagne. Aujourd'hui psychologue, à 26 ans, elle vit à Paris. Voilée, psychologue, féministe, Claire incarne toutes les tensions d'une jeune femme moderne religieuse. Avec la pratique d'une science humaine, la psychologie, qui met théoriquement à mal les révélations de la religion. Féministe musulmane, elle porte avec ferveur le combat contre la loi du 15 mars 2004 interdisant le port de signes religieux ostentatoires à l'école publique.

Elle fait partie de ces converties qui ont un des deux parents musulman de naissance. Dans le cas de Claire, il s'agit de son père, né au Maroc. Un père qui ne lui a jamais transmis l'islam, n'étant pas lui-même pratiquant. Claire a choisi l'islam, sans doute plus par quête de sens que par besoin de redécouvrir ses racines. Alors que ses parents divorcent, et que sa famille connaît des épreuves, un homme de sa famille paternelle en particulier a influencé son cheminement, son oncle, très religieux, qu'elle admire.

Choix surprenant, elle n'a pas choisi de prénom de conversion, et a tenu à conserver son prénom de naissance, dans la mesure où il est compatible avec les textes et les croyances de l'islam : « Si mon prénom signifiait adoratrice du soleil, là ça aurait nécessité un changement de prénom. » Mais comme son vrai prénom[1] a un sens même à la lumière du Coran, elle a souhaité le conserver.

La religion au sein de la famille

Claire a été élevée dans une double tradition religieuse, étant issue d'un mariage mixte. Avec, d'un côté, la branche paternelle marocaine musulmane ; de l'autre, une branche maternelle normande catholique pratiquante. Mais ce ne sont pas ses parents qui lui donnent cette double éducation religieuse. Eux ont décidé de ne pas transmettre la religion. Ce sont plutôt les familles respectives qui s'en occupent. Son père n'est pas pratiquant, il mange du porc et boit du vin, et fait même boire à sa fille une goutte de champagne à sa naissance ! Il n'observe pas le ramadan, et ne se rend pas à la mosquée. Sa mère est croyante, mais c'est plutôt la grand-mère normande qui enseigne le catéchisme à Claire. Avec sa grand-mère, elle passe toutes ses vacances scolaires en Normandie, fréquente la messe chaque dimanche, et observe les grandes fêtes catholiques : « Petite, je faisais Noël avec mes grands-parents maternels, on allait à la messe de minuit, et puis on mettait le petit Jésus dans la crèche après minuit. » La culture paternelle structure également toute son enfance, puisque tous les deux ans Claire passe un mois au Maroc. Petite, elle participe à la fête du mouton, est immergée dans cette culture populaire : « Je voyais mes oncles et tantes prier, et les tantes portaient toujours le foulard, qui est là-bas populaire et culturel. L'islam n'était pas étranger pour moi, c'était mon patrimoine. Mes tantes m'en parlaient, c'était une partie de ma famille. »

Dans cette branche marocaine, un homme en particulier semble avoir joué un rôle prépondérant dans son chemin

1. Claire n'est pas son vrai prénom.

de conversion. Il s'agit de l'un de ses oncles, docteur en théologie, « très croyant et très pratiquant », selon Claire. « Je l'admirais, j'étais proche de lui, j'ai toujours aimé sa discrétion, sa droiture, il est toujours prêt à rendre service, respectueux, je ne l'ai jamais vu s'énerver, on sent que c'est quelqu'un qui est véritablement proche de Dieu. » Un oncle qu'elle admire, elle qui, selon ses propres mots, n'a pas grandi avec une image de père protecteur. Ses parents ont d'ailleurs divorcé lorsqu'elle avait 4 ans.

Le parcours de conversion : une conversion subite, à 18 ans

La conversion est présentée par Claire comme une décision très rapide, qui s'impose à elle du jour au lendemain. « Irrationnel », voilà le terme qu'elle choisit. Irrationnel, mais il s'agit pourtant d'un choix, elle qui a eu la possibilité d'être élevée dans cette double culture et de pouvoir choisir entre les deux. Le catholicisme ne l'a pas convaincue, c'est ce qu'elle me dit – comme beaucoup de jeunes femmes converties. Elle n'est d'ailleurs pas baptisée. À 11 ans, elle dit se souvenir que le concept de Trinité lui posait problème. De même que la question de l'eucharistie : « L'église, les rites, manger le corps du Christ, le vin, ça ne m'attirait pas. »

Sans qu'il n'y ait dans son récit aucune rencontre, aucun événement extérieur, Claire dit avoir subitement eu la foi. Alors qu'elle est en terminale, trois semaines avant le début du ramadan, Claire dit « comprendre et adopter l'islam comme un message de vérité ». Elle n'a pas encore lu le Coran, mais parle alors d'« un sentiment de lucidité, comme si l'islam était entré dans mon cœur ». « Je l'ai adopté pleinement, et étudié après. » Tout de suite après, Claire cherche à entrer dans la communauté musulmane. Et donc à se rendre à la mosquée. Mais elle hésite à le faire seule. « Il y avait une question entre Dieu et moi, mais il fallait aussi que je sois introduite dans cet espace, la mosquée, que je ne connaissais pas. Je ne connaissais pas du tout de musulmans pratiquants. » En France, les seules musulmanes qu'elle connaît sont des connaissances du lycée, qui ne sont pas des amies. L'une de ses voisines l'y accompagne pourtant.

C'est tout de suite après avoir franchi le seuil de la mosquée que Claire, qui n'est pourtant pas convertie, commence à adopter les pratiques religieuses. Elle fait son premier ramadan, et se met à prier, en arabe phonétique. Il faut dire que Claire ne connaît pas l'arabe : son père souhaitait lui donner, à elle comme à sa sœur, une éducation 100 % française. Il rêve qu'elles puissent ensuite faire des études : « Il voulait qu'on finisse président de la République… » ajoute-t-elle. Claire se sent d'ailleurs totalement française, et pas du tout marocaine.

Et puis, elle franchit le pas : un dimanche matin, elle se rend à la mosquée de son quartier, c'est alors un jour de cours. Et elle décide de prononcer la shahada, en arabe.

L'entrée dans la communauté musulmane

Dans son cheminement, Claire ne connaît pas l'isolement : très rapidement après sa conversion, elle se rapproche d'une fille pratiquante de sa classe. Elle est alors accueillie dans la famille de cette amie, Myriam, avec laquelle elle va ensuite partager le combat politique contre la loi sur l'interdiction des signes religieux de 2004.

Socialisation dans une famille musulmane

« J'ai été adoptée, j'avais besoin, je les voyais toutes prier, sa mère m'a beaucoup enseigné, elle donnait des cours à la mosquée. Elle m'a appris des invocations, le soir on était ensemble. Je me sentais chez moi, j'avais ma place. Son père m'avait appelé "ma fille" en arabe, ça m'a beaucoup touchée. » La mère de son amie a un rôle important dans son apprentissage du « bon comportement ». « Ça a été tout un parcours, ça faisait partie de mon accompagnement, et c'était un islam vécu. » Une sorte de seconde famille qui joue un rôle fondamental pour Claire, même si aujourd'hui elle les voit moins car ils ont déménagé dans le Sud de la France.

L'engagement en faveur du port du voile

Claire décide de porter le voile au cours de sa première année d'université. « Je l'ai porté car, dans mes conceptions des choses, c'était une obligation. Pour moi, il y a des versets très clairs. J'associais le voile à la pudeur, mais pour moi c'est une obligation envers Dieu. » Des arguments religieux guident son choix, d'où découle aussi un discours sur la femme en Occident : « Pour moi, il y a une sagesse dans ce voile. C'est important de ne pas exister seulement par rapport à son apparence. Ça me révolte qu'on embauche une jolie fille et pas une fille moche ! Le voile, ça n'est pas pour rester chez soi, c'est fait pour s'investir. » Son premier combat dans l'espace public est donc de militer contre la loi du 15 mars 2004. « Lorsque la loi est passée, ça m'a touchée, pour moi c'est un droit fondamental de pouvoir porter le voile, cette loi est injuste. » Claire commence à militer avec son amie Myriam, elle-même très active dans une association de femmes musulmanes. Une idée qui convainc d'emblée Claire, soucieuse de la place des femmes en islam : « Les femmes ont le désir de s'organiser en tant que femmes. Quand elles sont dans les associations d'hommes, elles sont là uniquement pour servir le thé et faire les gâteaux… Moi je m'inscris dans le féminisme musulman. » Féministe musulmane et engagée, c'est ainsi que se définit Claire. Elle appartient à tout un courant d'engagement militant et intellectuel, l'association la plus connue étant Al Houda, association des femmes musulmanes de Rennes, créée en 1996.

Al Houda
Association des femmes musulmanes de Rennes*

L'association fut créée en 1996 par un petit groupe de sœurs désirant agir activement pour la « communauté » musulmane et plus particulièrement pour les femmes musulmanes.
Depuis 1996, elles ont mené de nombreux combats contre toutes les lois d'exclusion visant directement ou indirectement la population féminine française et musulmane.
Al Houda a l'objectif de promouvoir un meilleur vivre et agir ensemble, d'œuvrer pour une participation active et manifeste de la femme musulmane dans la société, d'œuvrer pour l'émancipation intellectuelle de la femme afin de lutter contre la représentation stéréotypée de la femme musulmane. De leur permettre de retrouver une entière crédibilité face à la stigmatisation incessante de l'État et des médias.
Ce qu'elle souhaite c'est permettre aux femmes de se retrouver, de partager leur foi et leur manière de voir les choses, d'approfondir leur connaissance de l'islam et de vivre pleinement la dimension spirituelle de leur vie.
L'association veut établir, organiser et approfondir les liens entre sœurs.
Elle a aussi pour objectif de faire en sorte que la femme musulmane puisse à nouveau jouir pleinement de ses droits et de ses libertés, et retrouver toute sa place au sein de son environnement de vie.

* SOURCE. Page Facebook de l'association https://www.facebook.com/Association.Al.Houda.35/info.

L'association Al Houda propose des loisirs dédiés aux musulmanes, comme des pique-niques entre femmes, des cours de sport entre femmes, des après-midi initiation au tatouage éphémère au henné, ou encore le henné pour fêter l'Aïd el-Fitr, activités dont 50 % des bénéfices sont destinés à « nos frères de Birmanie, Syrie et Palestine », mais également des ateliers couture, et de réflexion, « Ma mosquée idéale[1] », ainsi que des cours de civilisation musulmane.

Et c'est précisément au nom de l'islam que se définit ce féminisme, comme l'explique Zahra Ali dans son livre *Féminismes islamiques*[2] : « Les chercheuses militantes à qui nous avons donné la parole ont toutes en commun de défendre l'islam et l'islamité de leur engagement pour les droits des femmes. Elles considèrent que l'égalité est au fondement de la religion musulmane et que le message de la Révélation coranique est garant des droits des femmes. Ainsi, c'est par et pour l'islam qu'elles conçoivent leur engagement féministe, et, à travers cette posture, elles redéfinissent, réinventent et se réapproprient le féminisme en commençant par le décoloniser et le poser comme universel. » Un féminisme qui serait consubstantiel historiquement aux premiers temps du Prophète, et qui traverse toutes les sociétés musulmanes, jusqu'aux revendications contemporaines en Égypte, Iran, Turquie et Syrie.

Un féminisme totalement incompris par les mouvements féministes traditionnels français, comme l'atteste le texte de l'ancienne présidente de l'une de ces associations. Claire partage sa colère avec cette femme : « On se sent lassées, car, en face de nous, on n'a pas envie de donner la parole à des femmes musulmanes cadres supérieurs, les médias ne comprennent pas non plus... »

1. https://www.facebook.com/Association.Al.Houda.35.
2. Éditions La Fabrique, 2012, p. 16-17.

Texte de Zahra Ali, ancienne présidente d'Al Houda, doctorante en sociologie EHESS/IFPO

Depuis le vote de la loi du 15 mars 2004 qui interdit le port du foulard à l'école, force est de constater que la logique véhiculée par la polémique qui l'a entourée, véritable épanchement islamophobe, s'est renforcée avec le temps. Légiférer contre des femmes, des jeunes filles, des mères accompagnant leurs enfants, des « nounous », est devenu le fer de lance d'une politique raciste et, disons-le, sexiste ! Face à cette stigmatisation des musulmanes voilées et à leur marginalisation qui ne cesse de s'étendre de l'école jusqu'à la sphère privée, non seulement la plupart des militantes féministes ne dénoncent pas cette discrimination envers des femmes et des jeunes femmes, mais nombre d'entre elles justifient, maintiennent et appuient la logique discriminatoire en y apportant une caution « féministe ». L'année 2004 a d'ailleurs été un tournant pour le mouvement féministe en France, qui fut marqué par son refus de se renouveler, de s'interroger sur lui-même et sa posture de rejet systématique des dynamiques nouvelles qui émergent en son sein, et qui empruntent d'autres modalités de luttes et de discours. Dans leur écrasante majorité, les courants qui composent le mouvement féministe ont choisi de rester fidèles à une illustre tradition, celle de l'affirmation de la supériorité d'un modèle contre les autres.

Multiculturalisme et laïcité

C'est au nom du multiculturalisme que Claire défend son engagement en faveur du voile : « Les jeans et les hamburgers ça venait des États-Unis, les sushis, ça vient du Japon. Alors pourquoi on n'accepterait pas le voile ? On en a fait un symbole et, en France, on cristallise dessus. » Habitudes alimentaires et vestimentaires bousculées par l'importation

Triste tournant donc, celui qui a vu les féministes en France promouvoir une lutte contre une domination, celle des hommes sur les femmes, et tout à la fois faire la promotion d'une autre, celle de certaines femmes sur d'autres. On se souvient de la manifestation du 6 mars 2004, où défilaient main dans la main de grandes figures du mouvement féministe avec des représentantes de l'association NPNS, brandissant des pancartes où figuraient les mots de « Laïcité », « Non à l'intégrisme ». On se souvient de l'exclusion de l'association Al Houda (Femmes musulmanes de Rennes) de la journée des femmes organisée par la Ville de Rennes, au motif qu'« une association de femmes musulmanes n'est pas en phase avec le sens historique de la journée internationale des femmes ». On se souvient aussi du rejet et des propos insultants, violents, adressés aux militantes musulmanes portant le foulard et aux membres du Collectif des féministes pour l'égalité, alors qu'elles participaient à la Marche mondiale des femmes à Marseille, en mai 2005. Que de journées des femmes, d'initiatives féministes, colloques, conférences, manifestations, ont été marquées ces dernières années par l'exclusion de femmes par d'autres « féministes », pour le seul motif qu'elles portent le foulard ! Les souvenirs de ces tentatives échouées de travail en partenariat avec des composantes du mouvement féministe en France restent encore douloureux, vifs, et amers.

SOURCE. Oumma.com.

de nouveaux référents certes, mais Claire semble oublier que le voile touche à un élément fondamental de l'identité française, la laïcité. Claire a les yeux tournés vers le modèle multiculturaliste anglais : « À Londres, tu peux mettre un foulard ou un piercing c'est pareil, ça ne pose pas de problème. Pour moi, c'est du racisme. »

Elle a même envisagé de partir s'installer là-bas, sur le conseil d'amies musulmanes qui y vivent : « J'ai des amies parties en Angleterre, j'en ai marre du climat ici. Là-bas, mes amies sont heureuses, elles sentent la liberté. J'ai une amie qui est en thèse de sociologie à Londres, à la fin elle a même retiré son voile ! » Une confession surprenante, sur laquelle je l'interroge : si une jeune femme qui peut porter librement son voile le retire dans un pays où elle peut le faire, n'y a-t-il pas clairement une dimension politique de défiance envers la communauté nationale en France ? Claire répond : « C'est vrai qu'en France le voile devient politique, il vient dire : je suis chez moi, je fais ce que je veux. Parfois j'ai ce sentiment. Pour celles qui sont à Londres, parfois, ce sentiment politique n'y est plus. Elles ont déconstruit, elles pensent que le foulard n'est plus une obligation. » Claire considère surtout que chaque foulard porté l'est pour des motifs différents, et personnalise son foulard avec une blague : « Aujourd'hui le mien, il ne sait plus ce qu'il dit. »

Elle continue pourtant de condamner la loi du 15 mars 2004 comme loi raciste. Et cite d'ailleurs le film de Jérôme Host, *Un racisme à peine voilé*, qui revenait sur l'affaire du voile depuis les premières affaires en 1989 à Creil, jusqu'à l'exclusion des sœurs Lévy en octobre 2003 de leur lycée, le lycée Henri-Wallon d'Aubervilliers[1].

Interrogée au cours de notre entretien sur sa perception de la laïcité à la française, voilà la définition qu'elle en donne : « Tout citoyen a intérêt à la laïcité, c'est un cadre légal qui permet toutes les expressions religieuses dans l'espace public. » Mais la laïcité, c'est pourtant bien l'inverse ! La religion est reléguée dans l'espace privé, même si la République garantit la liberté de culte. Et c'est tout le problème avec les religions ! Claire s'en remet aux textes européens, et notamment à la jurisprudence de la Cour européenne des droits de l'homme. Avec des propos très durs sur la singularité française : « En France, il n'y a pas de différence avec l'Afghanistan, où on force à porter le foulard. On nie

1. http://www.dailymotion.com/video/x7sjan_un-racisme-a-peine-voile-jerome-hos_webcam.

les droits fondamentaux. Moi quand je mets le foulard, je n'incite pas à la haine. »

La mixité

Sa conversion lui a fait totalement repenser son rapport à son propre corps, et au sexe masculin. Pas de contacts tactiles entre hommes et femmes. « Embrasser un homme sur la joue, pour moi, c'est de l'ordre de l'intimité. Avec un homme, je serre la main, mais si c'est un musulman pratiquant je ne lui serre pas la main. Le contact tactile ne peut pas se faire sans lien conjugal ou familial. »

Islam et psychologie

Claire a un discours très clair pour intégrer l'apport des sciences et la révélation du Prophète : « Pour moi, il y a le Créateur, et là il y a des sciences pour étudier le Créateur, son projet, ce sont les sciences islamiques, mais aussi pour parler de la relation entre le Créateur et ses créatures humaines ; et puis il y a la création, et là ce sont les sciences comme la biologie, l'économie qui peuvent s'en occuper. La psychologie, c'est également un outil pour comprendre le fonctionnement de l'être humain qui fait partie de la création. »

Formée à la psychologie clinique, et à la lecture de Freud, Claire s'en éloigne. Freud et l'islam, curieux mélange, aussi je lui faisais souligner : « En psychologie clinique les théories psychanalytiques ont été créées par un homme, juif, en Autriche, dans le contexte d'antisémitisme. Mais en fait les théories ne sont que des outils, moi-même je n'aime pas mon approche, et avec la pratique les théories se modifient. » Claire semble donc se détourner de l'approche psychanalytique, et elle prend l'exemple classique des procès faits à cette approche : le traitement de l'autisme. Elle s'est donc tournée vers une approche plus comportementaliste.

Voile au travail

Au début de sa carrière, elle porte des bandeaux ou des bandanas, dans des associations. Elle fait même un stage dans un hôpital public où ils l'acceptent. Réflexive, Claire a pourtant conscience que le voile dans son métier est un obstacle : « Moi j'ai conscience que, dans le contexte français, porter un foulard est un biais dans la relation. Car le foulard est très chargé, notamment à cause du matraquage médiatique. » Et même si elle trouve ça difficile de ne pas pouvoir le porter, elle l'enlève tout de même dans son milieu professionnel. Alors, parfois, elle trouve des accommodements : elle porte le chapeau que portent certaines femmes juives, quitte à le retirer lorsqu'elle est avec des enfants. Depuis deux ans, elle exerce en cabinet. Elle reçoit ses patients un jour par semaine, des patients en couple, principalement musulmans. Elle porte alors son foulard.

Claire, dont l'un des parents est musulman de naissance, vit sa trajectoire d'entrée dans l'islam comme celle d'une convertie, et elle l'est à notre sens. Par ailleurs militante, engagée, révoltée, Claire ne partage pas le cadre de la laïcité à la française. C'est au nom d'une colère politique dont elle a conscience qu'elle dit continuer à porter le voile.

Rachel Ijthiad, défense d'un islam non orthodoxe

Rachel donne rendez-vous à la Goutte-d'Or à Paris, à l'Institut des cultures d'islam. Un lieu dédié à la culture en lien avec l'islam, et qui lui correspond bien. Féministe, musulmane, bisexuelle, le teint clair, les yeux bleus, Rachel porte des voiles sophistiqués, souvent pailletés bleus. Sans parler de ses bijoux, boucles et pendentifs. Chrétienne de naissance, son prénom de conversion signifie : principe de mouvement, soit effort consistant à toujours sortir des lois nouvelles à partir des sources originelles. Et sa vie relève effectivement de l'adaptation. Pour autant, elle est l'une des converties qui a le rapport le plus réflexif à son parcours, à son, ou plutôt à ses identités. Rachel fait partie de ces jeunes femmes passées par les Instituts d'études politiques, formées aux cours sur le Monde arabe, marquées par le 11 Septembre. Durant son année d'échange, elle part vivre un an en Égypte : un traumatisme, en raison des actes de harcèlement dont y sont victimes les femmes. Mais Rachel ne lie pas cette violence à l'islam, et se rapproche de la religion lors de ses derniers mois au Caire, par l'intermédiaire d'une amie convertie.

Née près de Grenoble, puis retournée y vivre après quelques années passées à Tours, elle se définit elle-même comme venant d'un milieu très traumatisé par la religion.

La religion dans la famille : un traumatisme

La question du poids de la religion et de son importance dans le roman familial est un sujet sur lequel Rachel a pris du recul, elle qui l'a abordé en analyse : « C'est moi qui ai initié ces conversations depuis une dizaine d'années. On est tous passés par des thérapies, et ça a été discuté dans et hors séance. Une des choses que j'ai comprises, c'est que la religion est une vraie source de traumatisme pour mon père. »

Rachel est issue d'un milieu « culturellement privilégié », son père est musicien, sa mère est femme au foyer, puis a repris ses études après avoir élevé ses quatre enfants. Rachel et ses trois frères et sœur ont tous des prénoms bibliques : « Souvent les gens pensent que nous sommes juifs. » Et ça n'est pas un hasard, car son père a reçu une éducation très catholique. Les grands-parents paternels ont ensuite fait partie d'un courant de renouveau spirituel[1] : « Quand mes grands-parents ont intégré le courant, ça s'est mélangé à une éducation très traditionnelle. Mon père a une relation très compliquée avec la religion. » Rachel parle d'eux comme de « bigots », pratiquant un catholicisme de gauche antiraciste, très ouvert à l'accueil des migrants, mais avec un tabou sur la sexualité. À 16 ans, son père quitte le foyer familial, car il a déjà le rêve de travailler dans la musique. Mais, dans son environnement très religieux, la culture n'est pas valorisée. « Ils vivaient en dehors du monde, la vie était rythmée par des réunions de prière », raconte Rachel.

La mère de Rachel est issue d'une mère protestante et d'un père catholique. Baptisée, elle fréquente peu l'église.

1. Courant de renouveau spirituel diffusé en France à partir de 1971, sous l'influence du pentecôtisme américain, dans l'Église catholique notamment.

Néanmoins, les parents de Rachel se marient à l'église. Et c'est après le mariage que le père de Rachel prend ses distances avec la foi : il ne donne aucune éducation religieuse à ses enfants. Aucun des quatre enfants n'est baptisé. Rachel demande à aller au catéchisme, une volonté à laquelle ses parents ne s'opposent pas. À 10 ans, elle est finalement baptisée, à l'issue de deux ans de caté. Élève à l'école publique, elle se rend à la paroisse de la cathédrale de la ville le mercredi. Ce sont des femmes qui lui enseignent la religion. Le dimanche, elle se rend à la messe toute seule, car elle habite à moins de cinq minutes de la cathédrale. Elle accomplit sa première communion. Rachel continue les cours d'éducation religieuse, elle passera deux ans à l'aumônerie, et part en vacances dans des centres chrétiens. Mais déjà pointent les symptômes de l'adolescence, une période où elle commence à être « asociale et solitaire ». Hypersensible, elle se sent en décalage partout et tout le temps. Puis, sa foi ne résiste pas au deuil de son grand-père maternel : « Il y a quelque chose qui s'est brisé en moi, dans ma foi. J'ai été très en colère contre Dieu. Cette colère ne m'a pas complètement quittée. » C'est la sempiternelle question de la mort qui traumatise également Rachel : un de ses camarades de classe se suicide à 15 ans. Alors, la colère, puis le déménagement vers la région de Grenoble favorisent son éloignement de la religion. « J'étais devenue antireligieuse, car je ne comprenais pas la distance entre la parole et les actes chez les croyants, mais je n'ai jamais douté de l'existence de Dieu. Je n'ai pas perdu la foi. » Elle devient agnostique, selon ses propres termes.

Premières réflexions sur l'islam : le 11 Septembre

La boulimie d'islam née après le 11 Septembre est confirmée aussi bien par Dalil Boubakeur (voir l'introduction) que par Nabil Ennasri, président du Collectif des musulmans de France : « Je ne sais pas comment le quantifier, mais une chose est sûre, tout le débat sur l'islam a créé une boulimie autour de l'islam. Le Coran a été l'un des livres les plus vendus après le 11 Septembre. Et les personnes ont découvert une religion qui n'est pas que synonyme de djihad. » Rachel illustre parfaitement cette envie de découvrir l'islam. Elle vient de rentrer en classe de terminale lorsque les attentats ont lieu. « J'ai alors pris conscience que les musulmans existaient. Avant, je ne me posais pas de questions d'identité, est-ce qu'il y avait des juifs, des musulmans ? Je n'y connaissais rien, je vivais dans un milieu social très homogène. » Le contexte géopolitique lui donne envie de tenter les Instituts d'études politiques. Une fois le concours réussi, elle se spécialise dans l'étude du monde arabe. Elle prend même des cours d'arabe dès la deuxième année. À l'époque, elle n'a aucun intérêt spirituel ou religieux pour l'islam. En revanche, elle va devenir solidaire des musulmans, elle qui est alors ultralaïque, antiraciste. « Pour moi, le racisme, c'était le FN. » Avec la polémique sur la loi sur le voile, en 2004, Rachel se forge une autre conscience politique, tendance « Indigènes de la République[1] » : « J'ai pris conscience que la société avait ses dominants et ses dominés, que sont les homos ou encore les femmes voilées. J'ai pris en horreur la norme. »

1. Mouvement politique de protestation qui se définit comme antiraciste, né en 2005.

L'expérience de l'année en Égypte
L'attrait de la prière

Devenue « anti-islamophobe », selon ses propres mots, Rachel décide de passer sa quatrième année d'études, de 2005 à 2006, en Égypte. Éloignée de son petit copain de l'époque, livrée à elle-même pour la première fois, elle qui habitait chez ses parents, vit très difficilement son arrivée : « J'étais partie avec ma croix et ma médaille de Marie, les premiers jours en Égypte il faisait 40 degrés, je me suis dit je vais crever. C'était dur. J'ai attrapé ma chaîne, je me suis agenouillée, j'ai prié. »

L'expérience dans ce pays où 80 % des femmes sont victimes de harcèlement va être très douloureuse : « La société est très patriarcale. En tant que Blanche, vous êtes tout de suite perçue comme non-musulmane, en bref, la foule considère que tu es une pute. Pour tous les déplacements quotidiens, c'était un cauchemar. Le dernier mois, je me voilais. J'ai été traumatisée car je n'étais pas construite, je n'étais pas autonome, la foule t'agrippait, les femmes égyptiennes étaient très infantilisées. Elles chuchotaient entre elles. Je suis revenue détruite. »

Détruite, au cours des derniers mois de son séjour, elle commence à se poser des questions sur l'islam. Elle a rencontré une amie française convertie à l'islam. « Je lui ai demandé de m'apprendre à prier. La prosternation me fascinait. J'avais appris que les musulmans pouvaient se prosterner partout. J'ai appris à prier avec Caroline, avec des papiers à côté du tapis, ça me plaisait, ça avait du sens. » La pratique vient donc avant la foi. Puis la lecture : elle qui maîtrise l'arabe peut lire le Coran – elle achète son premier Coran en Égypte.

Mais comment expliquer, après ce premier intérêt, un saut dans l'islam alors que Rachel vit dans une société égyptienne musulmane qui l'a maltraitée ? Les choses sont bien distinctes pour Rachel : « Je ne mettais pas du tout le patriarcat de la société égyptienne sur le dos de l'islam. La société française est une société patriarcale, et pourtant elle n'est pas musulmane. C'est grâce aux combats qui ont été menés qu'elle a évolué et est devenue moins patriarcale. »

Ce dernier mois en Égypte, elle dit qu'il y a quelque chose qui n'est pas de l'ordre du rationnel. Son envie de prier est première. Elle ne pense pas du tout être dans un processus de conversion : « Je ne me disais pas du tout que j'allais me convertir. Ce n'était pas mon monde. »

Le parcours de conversion : « J'ai aimé le package de l'islam »

De manière qui lui semble alors définitive, Rachel choisit l'islam. « Pas un instant je ne me suis dit que j'allais me retourner vers la religion catholique. C'était le package de l'islam qui me plaisait : j'aimais la simplicité de cette religion, le fait qu'il n'y ait pas d'intermédiaire entre Dieu et les hommes, et la prosternation, avec cette idée de prier cinq fois par jour comme un engagement ancré dans le quotidien, et puis le ramadan. » Elle vient d'achever son premier ramadan, alors qu'elle n'est pas encore convertie. À cette époque, elle connaît donc déjà ces deux piliers que sont le jeûne et la prière, et qui lui parlent : « Il y a quelque chose de l'ordre de l'ascèse, ça me parlait, ça faisait écho à saint François d'Assise. Quand la rigueur et la pratique deviennent un rythme de vie, tout en étant dans le monde, et reliée à Dieu, c'est très sain. »

La shahada

Sa conversion a lieu deux ans après son départ en Égypte. Rachel prononce la shahada avec une amie convertie, dans le salon de cette amie. « Et… c'est tout… ! » dit-elle en riant. Pas de cérémonie, pas de mosquée… Sa shahada est à l'image du chemin qu'elle vient d'accomplir vers l'islam, assez solitaire. De retour d'Égypte, elle s'est concentrée sur les lectures, seule dans sa démarche, avec à ses côtés son amie convertie, Caroline. Sa démarche est plutôt spirituelle et intellectuelle. Spirituelle, car Rachel a d'abord cherché à prier, mais intellectuelle car ce sont alors ses lectures et sa quête « féministe », dit-elle, qui la portent vers l'islam. « Je suis entrée en islam par la littérature anglophone, le féminisme islamique étant anglais. J'ai pris des chemins de traverse. Les blogs, les sites, les livres en anglais. » Pour Rachel, la langue de l'islam, après l'arabe, c'est l'anglais. « Ma communauté virtuelle de pensée est mondialisée donc anglophone. » Pas de mosquée ou de communauté réelle, la communauté de Rachel est d'abord une communauté de pensée.

En revanche, et contrairement à beaucoup d'autres récits de conversion, le Coran lui est plus difficile d'accès. Elle a demandé à ses parents de lui en offrir un – un Coran enluminé qu'elle a vu dans une librairie d'occasion –, mais la lecture n'en est pas plus aisée : « C'était trop difficile, des métaphores… c'est bourré de références historiques que je ne comprenais pas. La langue du Coran, même traduite, c'est extrêmement compliqué. Même encore aujourd'hui pour moi c'est difficile de lire le Coran. » Habituée à lire en anglais, l'accès au Coran en anglais est pour elle plus simple. Un matin, pendant le ramadan, après sa conversion, elle raconte avoir lu une version du Coran en anglais chez une amie, et avoir pleuré.

Sa propre vision de la conversion

Depuis son retour d'Égypte, Rachel suit une thérapie. Elle a commis une tentative de suicide il y a environ trois ans. Elle reste très lucide sur son attrait pour la religion : « Je me suis tournée vers la religion et ça n'était pas anodin. Ça a été un soutien au début identitaire et non pas spirituel, le fait d'avoir identifié quelque chose à quoi me raccrocher. Ça faisait un truc stable. » Elle comprend dès lors les inquiétudes de sa famille, et notamment de son père : « Me voir prendre le chemin de la religion quand ça n'allait pas n'était pas rassurant pour mon père. Il avait peur que ça me serve de dérivatif. » Mais finalement, les inquiétudes de sa famille seraient plus liées au fait qu'elle plonge dans la religion en général, que dans l'islam en particulier.

Le cheminement vers un islam non orthodoxe

Rachel a un parcours très personnel, un chemin solitaire, politisé et réflexif. Elle se rend compte que son insertion dans la communauté ne va pas être simple : « Je savais que je ne trouverais pas ma place dans la communauté générale et orthodoxe… Je suis allée dans une librairie islamique à Lyon. J'ai vu le type de littérature qu'on y vend. C'est une vision de l'islam centrée sur le licite et l'illicite, très normative, avec toujours un rayon sur la femme musulmane très dogmatique. Ce qui ne veut pas dire obscurantiste, c'est conservateur. On trouve les livres de Tariq Ramadan, considéré comme réformateur dans l'islam. Moi ça n'est pas ça qui m'intéresse. » Elle commence à s'insérer dans une communauté dite « inclusive », soit la communauté musulmane homosexuelle.

La communauté musulmane homosexuelle

Rachel a créé une communauté musulmane homosexuelle. Lorsque nous l'avons rencontrée pour la première fois, elle était première secrétaire d'HM2F, « Homosexuels musulmans de France », où elle avait la charge de l'accueil téléphonique national. Des coups de fil pour aider les musulmans homosexuels, ou bien pour donner des renseignements. Un tout petit groupe, de sept, huit personnes qui se retrouvent de façon informelle. Le groupe étant en train de péricliter faute de membres, Rachel l'a quitté, avec l'espoir de fonder un jour un groupe inclusif, là où elle vit désormais. L'homosexualité est un péché en islam. Dans les textes, c'est l'épisode de Sodome et Gomorrhe que l'on retrouve dans le Coran. « Dans cet épisode, ce qui a été condamné ce sont les relations non consenties, le viol, et pas les relations homosexuelles », affirme Rachel. Mais il existe une autre condamnation dans la tradition du Prophète : « Là le Prophète dit très clairement que l'homosexualité était condamnable. Mais il a été démontré par un savant classique que les chaînes de transmission n'étaient pas fiables. » Et Rachel d'ajouter : « Il y avait même une tolérance dès les premiers siècles de l'islam. »

Engagée dans la défense du féminisme musulman

Rachel est membre active du Collectif des féministes pour l'égalité, fondé en 2004 par Christine Delphy, féministe « canal historique » qui s'est engagée pour défendre les femmes voilées. Elle suit également tous les blogs de défense des droits humains, *queer*, et de femmes musulmanes en anglais. En France, elle se reconnaît dans des femmes comme Sonia Dayan-Herzbrun qui a lancé la pétition « Nous sommes toutes des femmes voilées ». « Je me reconnais dans les milieux inclusifs et égalitaires, c'est-à-dire tous les combats contre tous les phobiques, non homophobes, ce sont des milieux alternatifs. »

Féministe et musulmane, il était dès lors intéressant de comprendre son rapport aux droits civils républicains. Sur la question du divorce par exemple, Rachel n'a pas du tout une réponse religieuse. « Je ne me suis jamais posé la question car pour moi le divorce est d'abord civil, c'est ma culture. Le mariage est un sacrement pour les chrétiens, dans l'islam c'est un contrat, passé avec des clauses. Une femme peut par exemple mentionner qu'elle refusera la polygamie, mais ça, elles ne le savent pas. »

Elle regarde également avec beaucoup d'attention les suites du Printemps arabe : « Nous en France, on est totalement dépolitisés. Les indignés sont nés après les révolutions arabes. Pour une fois, c'est pas l'Occident qui a montré le chemin. »

L'adoption des pratiques religieuses et sociales

Sa pratique et sa foi ne peuvent pas être dissociées de sa vision du monde et de ses engagements militants. Même le voile est chez elle lié à des enjeux féministes, militants, idéologiques.

Le voile et ses implications

Le voile, elle commence à le porter environ un an et demi après s'être convertie. « Pourquoi ? C'est la question la plus difficile pour moi. Car c'est pour des raisons qui n'appartiennent qu'à moi, pour des raisons intimes. En tout cas, pour moi, ce n'est pas une obligation religieuse. C'est ma conscience féministe, l'espace physique corporel c'est intime mais c'est politique. » Elle décide de le porter de retour du Congrès des féministes islamiques : « C'est la première fois que je me retrouvais dans ce qui pouvait faire communauté musulmane. C'était mixte, je me sentais musulmane parmi les musulmanes là-bas, j'avais envie de porter le voile. Quand je suis revenue, je l'ai mis. » Une habitude vestimentaire qui n'est pas si simple à adopter au départ, aussi plusieurs fois Rachel l'enlève car elle ne se reconnaît pas elle-même ainsi vêtue. Et puis porter le voile signifie également devoir en public se conformer aux pratiques sociales, ne pas fumer, ne pas faire la bise aux hommes, ne pas dire de gros mots, ne pas s'afficher avec une femme dans une relation homosexuelle : « Il y avait un hiatus entre ce qu'on attendait de moi comme musulmane et l'islam que je pratiquais, car il y a des codes sociaux quand tu portes le voile : par exemple, ne pas fumer. Moi quand je fume le narguilé, je me prends des réflexions. Mais aussi faire la bise aux mecs, en France, on se fait la bise, au début je la faisais, et maintenant le hijab joue en ma faveur, je ne la fais plus. Et les musulmans eux me tendent la main. De toute façon, je n'aime pas faire la bise aux gens que je ne connais pas. »

Le voile change effectivement le rapport au monde social. Rachel parle longuement des façons de faire des musulmans et des non-musulmans face à une femme voilée. « C'est une situation cocasse si je rencontre un non-musulman qui souhaite me faire la bise. Je fais la bise si je suis engagée, sinon je tends la main si je peux, c'est un moyen d'imposer une distance, c'est moi qui choisis qui a le droit de pénétrer dans mon espace. » Elle se dit agressée, insultée : « Je suis très souvent victime de regards, de stigmatisation, de réflexions, j'entends "Rentre dans ton pays !" "Les filles comme toi, il faudrait les éliminer". Donc moi je fais des grimaces en réponse. »

Après avoir porté le voile, Rachel décide également de « marquer symboliquement son entrée dans la communauté musulmane » en se choisissant un prénom de conversion, trois ans après sa conversion.

La prière collective du vendredi

Se rendre à la mosquée n'est pas une obligation pour la femme dans l'islam : elle ne l'est que pour l'homme. Mais se définissant comme féministe musulmane, se battant pour obtenir les mêmes droits au sein de la communauté, Rachel en fait pour elle une obligation. Elle fait en sorte de ne pas travailler le vendredi afin de se rendre à la mosquée. « Je ne suis pas transportée par les prêches de l'imam, et je ne m'habituerai jamais à la ségrégation spatiale, mais j'apprécie malgré tout cette pratique collective, qui nourrit ma réflexion et ma foi au quotidien. S'il m'arrive d'être en déplacement un vendredi, j'essaie toujours d'assister à la prière dans la ville où je me trouve. » En revanche, Rachel n'est pas constante dans ses prières quotidiennes. Elle tente d'en faire au moins une par jour.

Le ramadan, un moment important

Rachel suit chaque année le ramadan. Qu'elle fait généralement toute seule, sauf une année où elle était invitée par des amis palestiniens qui tiennent un restaurant. Elle peut même faire les prières « surérogatoires » du ramadan, les Tarawih. « C'est une tradition, après la dernière prière, ça dure une à deux heures avec des morceaux du Coran lus très longs. C'est de plus en plus pratiqué par les jeunes. »

Mais que ce soit durant les prières du vendredi, ou durant le ramadan, Rachel ne supporte pas la non-mixité dans les mosquées, et reconnaît que le sujet est très difficile à aborder dans la communauté. Elle le justifie par des raisons historiques : « C'est la communauté qui finance la construction de mosquées, et historiquement, la communauté c'étaient les travailleurs, il n'y avait pas de femmes. »

Laïcité et islam

« Historiquement, la laïcité ça se justifie, mais ça n'est pas un dogme, et ça peut être modifié. » Rachel est attachée à la laïcité à la française, dont elle connaît bien l'histoire. Mais cette laïcité l'a aussi empêchée de passer les concours administratifs, étant désormais musulmane, à cause de l'obligation de neutralité religieuse liée à la fonction publique : « Je viens d'une famille de gauche, le service public pour moi, ça a un sens ! Il y a des postes que j'aurais aimé briguer, éducatrice spécialisée, assistante sociale. Si la laïcité n'impliquait pas la neutralité vestimentaire, oui je serais devenue fonctionnaire. »

Rachel ne comprend pas le besoin de l'État de trouver et de constituer un interlocuteur représentatif, comme le CFCM. « On n'a pas besoin d'une institution représentative ! Je suis pour que les associations se développent. Si l'État veut s'adresser à nous, qu'il le fasse comme citoyens. »

L'État islamique et la culpabilisation des musulmans, selon Rachel

Rachel ne supporte pas les injonctions à la condamnation de l'État islamique. Interrogée sur ce point, elle souscrit totalement à la pétition du Collectif contre l'islamophobie, dont voici la reproduction :

Ces derniers jours un nouveau hashtag fait le buzz : « #NotInMyName »
Un hashtag dont le but serait de se « désolidariser » des crimes commis par le groupe Daesh et ses alliés.

Il serait temps d'arrêter de culpabiliser les musulmans pour des actes dont ils ne sont PAS responsables. D'autant plus que l'écrasante majorité d'entre eux s'est soulevée contre les va-t'en-guerre qui entreprirent d'attaquer et de détruire l'Irak. L'ensemble des populations de l'Ouest et de l'Est payent aujourd'hui le prix des appétits voraces de ces criminels alors que les partisans de la paix appelaient à la vigilance face aux conséquences de telles expéditions hasardeuses et irresponsables.
Agressions qui n'ont fait qu'engendrer l'anarchie dans laquelle ces mêmes pays se trouvent aujourd'hui, permettant à des mouvements armés de se développer. Les pays qui ont participé à ces crimes sont les premiers responsables de la crise actuelle et laissent leurs citoyens de confession musulmane en payer le prix. **Le CCIF ne soutient pas le message porté par ce hashtag.** Les musulmans ne doivent pas jouer le jeu islamophobe qui consiste à les placer en coupable et suspect idéal, les poussant sans arrêt à se justifier par rapport aux agissements de tiers.

Le CCIF se désolidarise également de l'appel à manifester lancé aujourd'hui, jeudi 25 septembre.

Nous refusons l'injonction systématique qui est faite aux personnes de confession musulmane de condamner des actes qui leur sont totalement étrangers alors même qu'ils sont en attente d'un vrai mouvement de solidarité pour les soutenir face à l'islamophobie qui mine notre société.

#StopCulpabilisation

Sans doute Rachel ne représente-t-elle qu'un courant minoritaire dans l'islam des converties en France, assez intellectuel et engagé politiquement. Mais son intérêt pour le féminisme musulman éclaire aussi sur cette partie de l'islam que le grand public ne connaît pas.

Sabine Chayma, rebelle, partie un an vivre au Maroc

« Il y a Sabine, elle a toujours existé, elle est encore là, parce que sinon je serais schizo ! Avec beaucoup de fougue, beaucoup de souffrance, et puis il y a Chayma, elle s'est un peu apaisée, même si elle est restée courageuse et combative, et il y a un pont entre les deux. » À 34 ans, Sabine, convertie depuis une quinzaine d'années, cherche toujours à relier ses deux identités. Physiquement aussi, elle est en quête de « ponts » : « Moi, je ressemble à une Arabe avec mes yeux noirs et mes cheveux foncés. » Il y a ceux qui l'appellent toujours par son prénom de naissance, comme son ex-copain avec lequel elle est restée sept ans, et puis ceux qui ne connaissent que Chayma. Son chemin vers l'islam est un chemin profondément solitaire. Rebelle, libre et indépendante, sa conversion a eu lieu après la mort de sa mère, atteinte d'un cancer.

Chayma est l'une de celles qui parlent le plus ouvertement de leur condition de convertie au sein de la communauté musulmane, qui les fait souffrir : « Je ne suis pas née dans une famille musulmane donc je n'ai pas le même cheminement que certains, mais je n'ai pas honte que mes parents soient chrétiens, je n'en aurais pas voulu d'autres ! » Très croyante, pratiquante, Chayma a même quitté la France pendant un an pour tenter l'expérience de vivre dans un pays musulman, le Maroc.

La religion dans la famille

Sabine passe sa jeunesse dans une cité à Nantes. « On était la seule famille française de souche ! » Un milieu simple, son père est commerçant, sa mère, secrétaire. Issue d'une famille catholique, Sabine ne reçoit pourtant pas d'éducation religieuse de la part de ses parents. Mariés à l'église, ils font baptiser son frère et sa sœur, mais pas elle. Pourquoi ? Impossible à savoir, personne ne le lui a vraiment expliqué.

Chez elle, le seul signe religieux est une croix accrochée au-dessus d'une des portes, avec une « branche de Lourdes », selon ses propres mots, certainement un rameau bénit. Sa grand-mère paternelle, décédée lorsque Sabine a 14 ans, était une femme très pieuse « tous les jours à l'église, avec son chapelet ». Ce qu'a retenu Sabine de son éducation religieuse avec elle, c'est l'apprentissage de la tolérance envers toutes les religions. Sa mère, sans doute croyante, peu pratiquante, a toujours prié pour elle, notamment lorsque, enfant, elle développe une méningite suite à une infection d'une blessure à l'arcade faite à l'école, et mal soignée. Cette maladie dans l'enfance a très certainement eu beaucoup de conséquences pour Sabine, à la fois sur sa vie et sa personnalité. De cette maladie, elle a tiré une gravité… À cela s'ajoute le fait qu'elle a redoublé deux classes : le CP, à cause de sa méningite, puis le CE2. Avec deux ans de retard, elle se retrouve avec des élèves plus âgés. La psychologue cerne alors sa personnalité : « Sabine a besoin de beaucoup d'attention, et d'être rassurée. »

Sa mère prie aussi pour ses enfants lorsqu'ils passent leurs examens : elle brûle alors des cierges. Noël est pour eux une grande fête de la solidarité, plus qu'une fête religieuse : sa mère accueille des personnes en difficulté, sans papiers. « C'était l'auberge espagnole ! » raconte Sabine. Disons que le récit de son enfance et de sa jeunesse est empreint d'éléments chrétiens, mais rien de plus. À 17 ans et demi, alors qu'elle s'apprête à entrer dans la vie active, après avoir obtenu son CAP, la vie de Sabine est brisée par l'annonce de la maladie de sa mère, qui décède deux ans plus tard. Pendant deux ans, elle suit ses cours en alternance, pour travailler auprès des enfants, et s'occupe de sa mère. « En deux minutes, je prenais mon vélo, je rentrais chez moi, la première année de sa maladie, j'étais souvent avec elle. »

Le chemin vers l'islam

Le chemin de Sabine vers l'islam est un chemin solitaire. Un chemin complètement choisi après avoir rencontré un prêtre, un rabbin et un imam.

Christianisme, judaïsme ou islam ?

Pendant la maladie de sa mère, Sabine décide de s'intéresser aux religions. « J'avais besoin de me raccrocher à la foi. » Elle demande alors à son père comment faire pour avoir la foi. Et son père de lui répondre : « Toi, tu as toujours eu un grand cœur. Tu as une émotion. La foi, ça ne se commande pas, mais, à mon avis, tu l'as déjà. » Elle décide alors de s'adresser aux représentants des religions. Ses questions sont assez basiques : qu'est-ce que Dieu pour vous ? Comment faites-vous pour répondre aux personnes : sur quels textes vous appuyez-vous ? Pour contacter le prêtre, c'est assez simple. Elle le voit deux, trois fois, mais n'est pas convaincue : « L'église m'a toujours glacée, il y a ce Jésus très violent sur la croix, avec cet orgue glacial… Je m'en excuse pour les chrétiens, mais je n'ai jamais ressenti à l'église l'émotion que je ressens dans une mosquée. » Le rabbin, elle le rencontre grâce à une connaissance juive.

« Je trouvais beaucoup de similitude entre le rabbin et l'imam, sur la femme, sa place dans la religion, la pudeur, le foyer. » Le rabbin est très disponible pour Sabine, elle le rencontre une quinzaine de fois, durant au moins une heure. Et enfin, elle contacte un imam : « Côté musulman, il était super-enthousiaste ! » Parfois, l'imam comme le rabbin la reçoivent sur les lieux où ils donnent des cours. Mais quelque chose la dérange dans le judaïsme – ce qui est un discours très fréquent chez les converties. Le rabbin lui dit que, pour devenir juive, elle doit suivre sept ans d'école judaïque, avant de se voir remettre un certificat. « C'est quoi ce certificat ? Pour dire que tu appartiens à la communauté juive ? Mais, face à Dieu, qui a le droit de dire que je suis apte ou pas à devenir juive ? » Avec cette question en tête, elle va voir l'imam. Qui lui parle alors « avec tolérance ». Un mois après, elle choisit l'islam. Elle se souvient encore des mots de l'imam, il y a plus de quinze ans : « Ce matin à mon réveil, j'ai eu l'annonce d'un bon présage : cette bonne nouvelle, c'était toi ! » Je lui annonce alors, juste après, que mon choix est fait, mais que j'ai besoin « d'y aller en douceur ». Aussi durant deux années elle enquête, interroge des gens, fait des recherches : « Quand je sentais une bonne aura sur le visage des personnes, souvent des mamans musulmanes, j'allais les voir, et je leur posais des questions. Pendant cinq ans, je n'ai rien dit, si ce n'est à mon père. »

L'impossible shahada

Alors qu'elle a choisi l'islam, Chayma n'a pas attesté véritablement sa foi de façon formelle : pour toute une série de raisons, elle n'a jamais pu le faire. C'est plus de dix ans après avoir choisi l'islam, soit à 27 ans, que Chayma décide de prononcer enfin la shahada, sans savoir comment s'y prendre. « Comme je n'étais pas entourée, je ne savais pas comment faire pour aller vers la communauté. » Une collègue de travail lui propose de l'aider à prononcer la shahada en présence de deux témoins. Elle se rend compte quelque temps après que sa shahada n'est pas valide, car sa collègue ne lui a pas fait réciter le bon extrait du Coran. Elle va donc voir un imam, à la Grande Mosquée de Paris, et se met à pleurer. L'imam lui indique pourtant que, puisqu'elle fait cette conversion « avec de bonnes intentions dans le cœur », elle est valide. L'imam condamne en revanche l'attitude de sa collègue, qui lui a sciemment fait réciter la fatiyah et non la shahada. Elle s'en est excusée quelques années après. L'imam lui propose alors de venir avec deux témoins, si elle souhaite refaire son acte de foi. Mais elle ne réussit pas à trouver ses deux témoins femmes qui pourraient l'accompagner dans sa démarche. « Elles me répondaient toujours : on ira, inchallah ! Inchallah, Inchallah, je n'entendais que ça, jusqu'à ce que je comprenne que quand vous dites ça, ça peut vouloir dire non en fait ! » Du coup, elle décide de laisser ça « en stand by », comme elle dit elle-même. Partie au Maroc, Chayma se retrouve un jour arrêtée devant la porte de la mosquée, par une femme qui lui demande de réciter la shahada pour attester sa foi musulmane : « Elle m'a mis une main sur le thorax, pour que je récite la shahada, alors j'ai dit que je ne voulais pas faire ça, comme ça, dans un couloir… Mais j'ai dû la dire, et j'en ai pleuré. Je lui ai dit : vous ne comprenez pas ce que c'est, pour nous les convertis, la shahada, pour nous ça a une importance ultime… » À partir de là, elle décide de prendre rendez-vous avec l'imam de la mosquée au Maroc : il lui donne rendez-vous le mois suivant, après une petite préparation, au cours de laquelle elle doit lui expliquer les motifs de sa conversion. Mais une semaine avant sa conversion, le rendez-vous a changé pour des raisons d'agenda ou d'incompréhension. « Est-ce que je suis maudite ? Il y a vraiment une poisse dans ma vie… Les gens me portent le mauvais œil… »

Dans l'esprit de Chayma, le mariage sera enfin la vraie cérémonie au cours de laquelle elle pourra affirmer sa foi. Pour elle, hors de question de se marier avec un non-musulman, le faire préférablement avec un musulman de naissance. « Je souffre tellement du combat de devoir être acceptée dans ma famille, je ne voudrais pas une hostilité dans une autre famille. »

L'adoption des pratiques religieuses et sociales

Sans avoir pourtant officiellement fait sa shahada, Chayma adopte peu à peu les pratiques religieuses et sociales de l'islam. Avec un premier moment d'autoradicalisation.

Un moment radical

Pendant son chemin, Chayma a connu un moment radical, comme elle le qualifie elle-même. Durant un peu plus d'un an, elle s'habille en noir, se coupe de ses amis. « J'ai fait ma propre interprétation, et là c'est dangereux. Il ne faut surtout pas s'isoler et se faire sa propre éducation religieuse. Je traînais sur internet… Il y a de la haine sur les forums. » Son père s'en rend compte et réussit à lui parler, lui donnant des conseils vis-à-vis d'internet, des forums. Et puis, sur le fond, sentant sa fille changer, il a un argument fort : « Il m'a dit : “Chayma, il faut garder ta personnalité.” Et ça m'a empêché de m'enfermer. »

La prière

Convertie depuis une quinzaine d'années, Chayma ne fait ses prières quotidiennement que depuis quatre ans. « Tous les jours, sans exception ! » Et faire ses prières tous les jours, c'est particulièrement contraignant, surtout lorsqu'on travaille de nuit comme elle le faisait jusqu'à il y a peu. « À 6 heures, je me lève pour la première prière. Il n'y a pas un jour où je ne me laisse pas aller. Mais parfois, quand je me couche à deux, trois heures du matin, alors j'ai peur de ne pas entendre mon réveil. » Chayma a donc un arsenal de subterfuges pour ne pas oublier de se réveiller, comme dormir avec ses fenêtres ouvertes, ou encore avec les écouteurs sur les oreilles. Car impossible pour elle d'envisager de commencer une journée sans faire sa prière, elle se sentirait trop mal : « La prière de l'aube, c'est celle où les anges sont auprès de toi. Ils vont rapporter à Dieu tous tes souhaits, c'est une prière qui a une grande importance, comme celle de la fin de la journée. »

Le Maroc

Pour différents facteurs, à la fois personnels, politiques et religieux, Chayma décide de quitter la France, alors qu'elle vient de fêter ses 30 ans. Elle s'est à peine séparée de la personne avec qui elle est restée sept ans, un Français originaire d'Afrique de l'Ouest, musulman pratiquant. Elle est surtout fatiguée des « injustices faites à l'islam en France », et cite notamment les agressions de « sœurs voilées ». Dans une lutte contre les discriminations, Chayma s'est d'ailleurs engagée en faveur de Wissam el-Yamni, mort après avoir été interpellé la nuit du 31 décembre dans des conditions controversées. Devenu le symbole des combats contre la discrimination et les bavures policières, Wissam avait été interpellé après avoir jeté une pierre sur une voiture de police, puis était tombé dans le coma et était décédé neuf jours après son interpellation. Chayma colle des affiches « La police assassine ».

« Je voulais savoir ce que c'était de vivre sur une terre d'islam. » Elle aurait préféré partir en Algérie, mais ses amis algériens ou franco-algériens le lui déconseillent pour sa sécurité en tant que femme seule. Elle choisit donc le Maroc. Aussi, débordée par l'émotion, elle se met à pleurer dès son arrivée à l'aéroport. Pendant un an, elle travaille dans le secteur de la restauration. Sa déception entre l'idée qu'elle a de ce pays musulman et la réalité va être grande : « Au tout départ, j'ai été déçue, j'avais l'image d'un pays religieux, gouverné par la loi divine. Et j'ai vu une décadence ! Les filles se promènent quasiment à poil ! Tu vois des filles en brassière, avec une petite chemise voilée par-dessus… Alors j'avais envie de leur dire : c'est pas la peine de traiter les Françaises d'impudiques ! On n'est pas comme ça ! J'en ai vu enlever leurs djellabas et leurs voiles, et ensuite on voyait leur débardeur et leurs fesses. J'aimais pas du tout leur attitude, l'hypocrisie est trop présente. » Une déception liée à la méconnaissance de ce monde marocain, de la société et de sa sécularisation. Dans son travail, Chayma n'a même pas le droit de porter le voile, elle qui depuis qu'elle est arrivée au Maroc porte un « boubou » : une sorte de turban sur la tête, avec un col roulé. Après avoir passé trois, quatre mois à chercher du travail, elle comprend qu'elle n'en obtiendra que si elle accepte de l'enlever. Elle le porte le vendredi, pour se rendre à la mosquée. La prière du vendredi à la mosquée au Maroc est pour elle un moment unique : dans la rue, personne ne la regarde, ni ne la juge. Et, enfin, elle se sent entourée : « En France, je n'osais même pas entrer dans une mosquée, alors que là, j'étais seule, mais ça n'était pas pareil ! Tout le monde cause au Maroc, tu rencontres des femmes à l'extérieur de la mosquée et ensuite elles entrent avec toi ; et puis à la sortie on t'invite à manger le couscous… » En clair, malgré la déception qu'elle éprouve dans ce Maroc qu'elle avait imaginé beaucoup plus religieux, elle découvre également la facilité de pratiquer sa religion, dans un pays où elle est majoritaire. Elle découvre également l'hospitalité des Marocains. « Il y a des gens qui m'ont offert un Coran, alors qu'ils n'avaient pas dix dirhams en poche ! Quand j'ai eu un problème de santé et que j'ai dû être hospitalisée pendant un mois, mes amis sont venus me voir, ils m'ont ramené des tajines, et c'est des gens qui n'avaient rien. »

À cause de cette maladie, Chayma doit finalement être rapatriée : finie l'expérience au Maroc. « Mon sourire est resté au Maroc », dit-elle quand elle rentre, tellement triste de quitter ce pays. D'autant qu'à son retour il lui faut deux, trois mois pour se soigner, reprendre des forces, et recommencer à travailler.

Le voile

Chayma pense, à terme, porter le voile. Mais après tout un parcours : « Ça se mérite de porter le voile. Il faut avoir étudié et avoir une maîtrise de soi-même. C'est aussi un pont en construction entre la Sabine et la Chayma. » Elle qui s'habille plutôt à la mode, avec des couleurs, petites vestes ceinturées, parfois talons, risque de devoir changer de garde-robe : « Le jour où tu portes le voile, tu ne mets pas ton jean moulant, tes talons et *pump it up* ! Faut une cohérence ! » Elle en a déjà parlé à sa famille. Son frère a exprimé des réticences. Son père, lui, s'inquiète : « Mon père a peur de l'agression le jour où je voudrais porter le voile. »

Chayma est en train de changer de travail. Elle espère ainsi, dans sa nouvelle vie, pouvoir pratiquer plus sereinement sa religion, notamment grâce à des horaires moins lourds. Travaillant comme commerciale, avec des horaires de bureau, Chayma espère bien pouvoir se mettre sérieusement aux cours d'arabe littéraire. Et s'investir davantage dans la communauté.

L'engagement politique au service de la communauté

« Je suis une vraie petite Tariquette Ramadan. Lui, il m'a accrochée direct ! J'ai beaucoup étudié, j'ai acheté ses livres, je connais par cœur tous ses débats. » Pour autant, Chayma n'appartient à aucune grande organisation, comme l'UOIF. Elle a tenté de postuler auprès de l'UOIF, mais, sans diplôme, peu de chance de décrocher un poste. Mais elle s'engage au niveau local.

L'islam en France, et pas l'islam de France

Lorsque Chayma est allée voir un imam, pour la seconde fois de sa vie, elle s'est tournée vers la Grande Mosquée de Paris. « Avant, la Grande Mosquée de Paris, je pensais que c'était respectable. » Elle appartient désormais à cette grande partie de la communauté qui ne lui reconnaît aucune légitimité, trop proche du pouvoir et du ministère de l'Intérieur, selon elle : « Quand vous voyez que Valls était invité pour l'iftar… alors qu'il a des phrases… Sa femme est juive, très bien, mais pourquoi il le répète ? Il soutient politiquement Israël et ça, je ne le comprends pas… Ça me fait mal que ces imams de France dînent avec lui, et je ne fais pas d'amalgame entre les juifs et Israël. » Par exemple, elle ne soutient absolument pas la marche contre l'État islamique qui a eu lieu sur le parvis de la Grande Mosquée le 26 septembre 2014, après le meurtre d'Hervé Gourdel en Algérie commis par des djihadistes de l'État islamique. « Devant la mosquée, c'est pas bien, ce sont des endroits sacrés. Le sacré, ça ne se touche pas. Je suis d'accord que ce n'est pas à eux Français non musulmans de s'adapter à nous, mais pourquoi à nous Français musulmans ils nous demandent de prendre des positions claires ? Alors que sur la Palestine et le Hamas il n'y a pas de condamnations des attaques d'Israël… Moi, le Hamas, je ne connais pas bien, je ne connais pas le mouvement, mais enfin je me dis que si le Hamas n'était pas là, il n'y aurait plus de Palestiniens. » Collectivement, Chayma ne souhaite donc pas suivre les mouvements de condamnation de l'État islamique par les musulmans français. Elle les condamne à titre personnel : « Pour moi, ce ne sont pas des musulmans, quand on tue des gens de manière barbare, ils ne mériteraient même pas d'être dans ce bas monde. » Mais, comme beaucoup au sein de la communauté, elle ne peut s'empêcher de comparer les atrocités subies par les victimes de l'État islamique avec le sort réservé au peuple palestinien.

Laïcité et genre

Quand elle aura des enfants, Chayma souhaite les inscrire dans une école coranique. Ses deux principaux arguments contre l'inscription à l'école publique : la nourriture halal et les études sur le genre. « Il y a les parents pour faire l'éducation sexuelle de leurs enfants ! Ça ne doit pas se faire à l'école ! Il y a un âge pour le faire… Moi, à 6 ans, on ne me parlait pas de sexualité… Quand on voit qu'il y a des livres avec des petits garçons tout nus… » Chayma ne comprend pas pourquoi l'école publique ne s'adapte pas à la diversité culturelle et religieuse. « Pour moi, la cuisine ou la mode vestimentaire, ce ne sont pas les fondamentaux d'un pays. Mes parents m'ont élevée dans le respect de la différence : ne juge pas quelqu'un à la façon dont il est habillé, parce que lui aussi pourrait te juger. » Alors le droit à la différence devient un combat en faveur du multiculturalisme. Et Chayma a bien conscience du risque de communautarisation : « Créer ses écoles, c'est sûr, ça veut dire dissocier les peuples ! On se sépare. »

De la difficulté d'être convertie dans la communauté musulmane

Ce dont Chayma a le plus souffert en tant que convertie, c'est d'un manque d'accompagnement dans chacune de ses démarches. Et elle avoue s'être un peu braquée parfois contre sa nouvelle communauté : « Il y a un moment où je me suis fermée à la oumma, je leur en voulais, j'en avais ras le bol de cette communauté où on nous dit : vous n'êtes pas seul, et si, je l'étais. Je faisais le ramadan seule, je n'ai jamais été invitée par une famille. »

Le rejet de sa famille

Chayma souffre de l'incompréhension dont elle est victime au sein de sa famille, principalement de sa sœur, avec laquelle elle semble ne s'être jamais bien entendue. « Pour ma sœur, je suis une extrémiste. Quand je suis chez elle, je n'ai pas le droit de parler en arabe, elle m'interdit de dire mes prières… Je dois passer pour une djihadiste quand elle parle de moi… » Leur frère, athée, a plus de respect pour la nouvelle religion de Chayma : lorsqu'elle se rend chez lui, elle a le droit d'y faire ses prières, et ses enfants l'ont même vue prier. Malgré sa tolérance, il a exprimé des réticences à ce qu'elle porte le voile, par exemple. « Il voit beaucoup à travers le prisme des médias », explique-t-elle. Une famille qui compte énormément pour elle. Elle y réfléchit également en tant que musulmane, par rapport au fait qu'ils vont mourir non-musulmans, comme sa mère : « Quelqu'un un jour m'a parlé des chrétiens et m'a dit : si quelqu'un de chrétien meurt, il n'ira pas au paradis. Mais moi je prie tous les jours pour ma mère ! Et je suis sûre que Dieu est juste, il regarde les cœurs avant les religions. »

Parler aux convertis et des convertis au sein de la communauté

Récemment, Chayma a eu l'idée de mener un projet de conférences sur la conversion. Sa préoccupation : faire comprendre aux musulmans culturels les difficultés propres aux convertis, mais sans les exclure. Et elle a beaucoup de sujets de conférence en tête ! « Eux ne savent pas ce que c'est que d'être rejeté par sa famille. » Parfois, certains m'ont dit : « La famille, c'est sacré ! » ou bien « C'est pas grave, de toute façon ce sont des mécréants. – Non mais, tu es qui pour me dire ça ? » Elle souhaiterait sensibiliser les convertis au danger d'avancer seuls dans l'islam, selon sa propre interprétation, comme elle-même l'a vécu, lors de son moment « radical ». « Je ne connais pas un seul converti qui ne soit pas parti en live. » Elle me raconte une anecdote sur les femmes converties portant la burqa. Elle s'était alors lancée dans la vente de produits de maquillage 100 % naturels, et avait ciblé la communauté musulmane. Elle se déplace au domicile de ses clientes : elle a donc rendez-vous avec une femme. Lorsqu'elle sonne à la porte, c'est sa belle-fille qui lui ouvre. Elle lui refuse l'accès à la maison parce qu'elle n'est pas voilée. « Moi, les converties, je trouve que, parfois, elles veulent tellement bien faire les choses, qu'elles partent dans la radicalité. »

De la même manière, elle souhaiterait informer les convertis des procédures juridiques à mettre en œuvre, par exemple pour leur décès. « Il faut faire un testament, ça y est, moi je vais le faire, j'en ai parlé à ma famille. Je leur ai expliqué l'enterrement dans la tradition musulmane : il n'y a pas de cercueil, on est embaumé… Donc il faut les préparer ! Qu'ils comprennent comment ça se passe, qu'il y aura des sourates qui vont être dites… » Un jour, dialoguant sur internet – où elle passe beaucoup de temps avec des « frères » et des

« sœurs » –, un « frère » lui fait cette remarque : « Il ne faut pas différencier musulmans de naissance et convertis. On est tous des musulmans. » Et Chayma de lui répondre : « Nous, on a des problèmes dans la communauté parce qu'on n'est pas nés musulmans. Par exemple, vous, vous avez des complexes par rapport à la colonisation, mais nous, on n'a pas ça. Je suis touchée par les récits des Algériens, et je me dis, à leur place, comment je ressentirais les choses ? » Ce à quoi le jeune homme lui a répondu : « Ah, c'est sûr, tu ne pourras jamais comprendre… »

Une religion liée à l'émotion et à l'intuition

Chayma est la seule convertie qui ait longuement abordé le sujet de ces êtres surnaturels qu'on appelle les « jnûn ». Peut-être parce qu'en islam on dit qu'il ne faut pas en parler. C'est sans doute son séjour au Maroc qui l'a familiarisée avec cette croyance en ces êtres bienfaisants, mais aussi malfaisants, qui partagent le quotidien. Les jnûn sont même cités dans le Coran[1].

Les jnûn

N'étant pourtant pas issue du monde musulman, Chayma croit aux traditions culturelles et religieuses de l'islam, comme les jnûn – les esprits. « Les jnûn sont partout : dans les canalisations, dans les toilettes et la salle de bains. On dit qu'ils vivent à l'inverse de nous, le jour ils dorment. Tu ne

1. Jean-Noël Ferrié, Saada Radi, Zakaria Rhani, « Présentation de la Journée d'étude : les jnûn dans tous leurs états », Centre Jacques-Berque pour les études en sciences humaines et sociales au Maroc, http://178.32.218.203/icalrepeat-detail/308/2013/06/24/journee-d-etude-les-jnun-dans-tous-leurs-etats/4b3f5f89e1f1abf3775f34342c9525ca.html.

verras jamais un musulman pratiquant prendre des douches le soir, ou faire la vaisselle le soir. Quand on fait couler l'eau chaude le soir, ça les brûle : il ne faut pas leur faire de mal. Le soir, tu couvres tous tes plats car ils viennent chez toi. » Pour se protéger de cette invasion, Chayma s'endort en laissant son ordinateur allumé sur YouTube où passe la vidéo de la sourate « Al-Bakara », censée être une sourate protectrice.

De la même manière, Chayma parle d'un « sixième sens », « des âmes qui viennent la voir ». Elle dit avoir plusieurs fois ressenti « un froid qui lui paralyse le dos » quand elle a su que son meilleur ami était mort, après s'être suicidé, alors que sa famille le cherchait toujours. Alors, elle dit une phrase en arabe : « Il faut que Dieu te protège, que le chétan s'en aille. » De la même manière, elle raconte avoir toujours ressenti l'âme de sa grand-mère, décédée lorsqu'elle était adolescente, et celle de sa mère.

Sur la santé et la guérison, elle raconte avoir guéri d'un kyste qui nécessitait l'ablation d'un organe, après avoir passé un mois à prier : « Pendant un mois, je faisais mes cinq prières, et, en plus, mes prières surérogatoires : ce sont les prosternations, quand tu poses le front par terre, deux fois. »

Le récit de conversion de Sabine a quelque chose de profondément poignant, très sincère, à fleur de peau, très authentique. Que ce soit sur sa propre croyance, mais aussi sur ses difficultés de convertie dans la communauté musulmane.

Nicole, de la croix autour du cou au Coran

Nicole est une jeune femme de 37 ans, du Sud-Est de la France, très catholique avant sa conversion. Aide à domicile, ses parents étaient tous deux des immigrés espagnols. Elle a toujours été croyante. Elle est simplement passée de Dieu à Allah. Mariée à un musulman non pratiquant durant six ans, Nicole s'est pourtant convertie après son mariage, suite à une autre rencontre amoureuse. Aujourd'hui, lorsque je lui demande si sa conversion est liée à cette nouvelle rencontre, elle hésite : « Peut-être en partie, oui. » Son choix de se convertir fait qu'elle a dû modifier l'éducation de ses enfants, qui n'avaient auparavant pas du tout été éduqués dans la religion musulmane. Elle a ainsi fait circoncire son fils à l'âge de 7 ans.

La religion dans la famille

Les parents de Nicole étaient ouvriers agricoles. Sa mère était très catholique, son père, croyant mais non pratiquant. Ils se sont mariés en Espagne, à l'église. Elle est l'aînée d'un frère et de deux sœurs. Mais, contrairement à eux, elle pense avoir toujours eu la foi. Baptisée bébé, elle a fait ses deux communions, sa confirmation, et a même enseigné le catéchisme à des enfants pendant deux ans, juste après sa confirmation ! « Pour moi, Dieu ça a toujours été évident ! On vient de quelque part, certainement un Dieu qui a tout créé sur Terre. » À 18 ans, Nicole termine un BEP dans le social, son rêve est alors de travailler avec les personnes âgées. Mais elle doit arrêter ses études suite au décès accidentel de sa mère, ce qui rend sa vie beaucoup plus complexe. Elle doit alors s'occuper de la famille. « Ma petite sœur avait 5 ans, j'ai pris la place de ma mère. Je me demande comment on trouve la force d'assumer… Ça n'a pas été évident. » Elle tombe en dépression. Le décès de sa mère l'éloigne un temps de sa foi. « Quand ma mère est décédée, j'ai eu du mal avec la religion. Je ne suis retournée à l'église que deux ans après. » Puis, petit à petit, Nicole travaille, elle devient ouvrière agricole, comme son père. Et décide de reprendre ses études, pour retrouver une vie sociale. Elle entre dans une association d'aides à domicile pour soulager les femmes en difficulté. Elle-même y avait eu recours après le décès de sa mère.

Nicole ne prie plus à cette époque. Mais, contrairement aux discours de nombreuses converties, pour Nicole rien ne laissait prévoir une conversion. Dans son récit d'avant la conversion, aucun élément d'ordre spirituel ou théologique ne la gênait dans la religion catholique. Elle a cependant toujours côtoyé des musulmans. Durant toutes ces années, une de ses principales amies est musulmane. Elle a sans doute éveillé chez elle une attirance vers l'islam.

Huit ans après le décès de sa mère, Nicole doit faire face à une nouvelle épreuve, lorsqu'elle perd son père. Elle s'est entre-temps mariée à un Français d'origine maghrébine, peu pratiquant. Mais lui ne l'a pas initiée à l'islam. C'est un homme qu'elle va rencontrer après son divorce qui l'amènera à l'islam.

Mariée à un musulman, elle se convertit après son divorce, par amour pour un autre homme

Son ex-mari ne vient pas d'une famille pratiquante. Le fait qu'elle ne soit pas musulmane ne lui pose donc aucun problème. Ils se marient religieusement en 2002 sans qu'elle ait besoin de se convertir. Un mariage traditionnel, en présence de l'imam, qui a lieu chez sa belle-famille – avec d'un côté les hommes, de l'autre les femmes. La cérémonie lui plaît, mais plus par ses traditions culturelles : les dattes, le lait, le henné… « L'islam m'a toujours attirée. » Une attirance qui a grandi notamment lors des moments qu'elle passait plus jeune dans la famille musulmane de son amie Assia. Nicole était alors invitée pour l'Aïd. « C'était convivial, chaleureux, ils discutent, ils rigolent, il y a le thé à la menthe, les gâteaux, et puis il y a toute la famille… » Il est vrai qu'elle n'a pas connu cette chaleur, car la famille de sa mère vivait en Espagne. Quant à la famille de son père, elle n'a jamais accepté sa mère. Les relations avec sa grand-mère sont tellement mauvaises, qu'elle refuse de voir ses arrière-petits-enfants, alors qu'ils habitent à deux pas.

Son premier enfant porte le prénom de son ex-mari, répondant ainsi à une tradition espagnole selon laquelle le premier fils doit porter le nom du père. À l'époque, il n'est pas circoncis. Sa fille porte un prénom qu'elle a trouvé dans le guide des prénoms arabes, qui n'est pas un prénom musulman, mais proche de l'espagnol. Le couple se sépare lorsqu'elle est enceinte de son deuxième enfant, en 2008. Deux mois après le début de sa grossesse, son ex-mari est incarcéré pendant trente-six mois pour vols et bagarres. Il voit sa fille au parloir. Nicole demande le divorce quelques mois plus tard. Un mariage d'amour qui n'a pas été toujours heureux, avec un homme infidèle.

Deux ans après, elle rencontre un autre homme. « Je me suis intéressée à la religion à ce moment-là. » C'est un musulman divorcé, père d'un enfant. « C'est quelqu'un qui parlait de religion tout le temps ; il me sortait des extraits du Coran, quand je n'étais pas bien, parce qu'il me voyait galérer toute seule avec mes deux enfants… À force de le fréquenter, c'est vrai que ça me trottait. C'était des choses vraies, évidentes. » Alors Nicole va en librairie acheter des livres sur l'islam et s'offre un Coran de poche. Un Coran qu'elle lit en deux jours : « J'ai été chrétienne alors que je n'ai jamais lu la Bible. Quand on ouvre le Coran, on a une forme de bien-être intérieur, que je n'ai jamais ressenti aussi fortement que ça. C'est tellement beau, c'est poétique, c'est bien raconté. C'est un livre qui nous accapare. » Ce Coran de poche, elle l'annote, elle se l'approprie « bien que ça soit mal de le faire, parce que c'est un livre sacré ». Un jour, alors qu'elle ne se sent pas bien, son ami lui conseille de prononcer la shahada : « Je vais te parler comme à une sœur. Je sais que tu es dans la religion, tu as appris à connaître. Je sais qu'un jour tu te convertiras. Si ça ne va pas dans ta vie, convertis-toi. » Elle lui demande alors comment faire, il lui indique la phrase à prononcer. Elle prononce aussitôt la shahada, à son côté. « Pour moi, j'étais convertie, ça me paraissait bizarre de changer de religion juste en une phrase, mais je me suis sentie musulmane après avoir dit ça oui, c'est bizarre. Mais, du point de vue de la religion, je me devais d'être convertie pour de vrai. »

L'adoption des pratiques religieuses et sociales

Pour Nicole, le Coran est la religion de la « droiture ». Elle compare le Coran à un code de la route. Aussi, elle s'applique, après sa conversion, à avoir le « bon comportement » au quotidien : « Je dis que le Coran c'est comme un code de la route, mais il n'y a pas de virages, et on ne peut pas retourner en arrière. Ça me dit ce que je dois dire, comment me comporter avec les gens de l'extérieur, chez moi, avec mes enfants, c'est le Livre de tous les jours. C'est une religion très stricte, comparée aux chrétiens, c'est quand même beaucoup plus dur. Moi j'ai toujours eu besoin de ça : une religion de la droiture. » Son entrée dans la religion a donc bien signifié un changement de pratiques sociales. Une entrée dans la religion qu'elle ne date pas de son acte de conversion, mais qui remonte, selon elle, à la lecture du Coran. Sa vie commence à se modifier à partir de ce moment-là.

Changement de décor

Il faut imaginer l'appartement de Nicole rempli de Vierges et de croix avant sa conversion. Des objets qui ont aujourd'hui totalement disparu. Quand son ami venait chez elle, Nicole raconte qu'il était choqué par la présence de ses nombreux objets religieux chrétiens. « À l'époque, c'était une véritable petite église. J'avais des croix partout, un Jésus, ça fait bizarre de rentrer dans une maison comme ça. Il est vrai qu'il avait déjà fréquenté des Européennes, mais chez moi c'était un peu abusé… À l'époque moi je portais une croix, elle faisait cinquante centimètres… Une croix qu'on m'avait offerte, avec un Jésus dessus, comme les manouches ! Petit à petit, vous voyez, tout ça je l'ai enlevé, parce qu'on dit dans le Coran qu'il ne faut pas associer des idoles à Dieu, croire que Jésus est le fils de Dieu, donc je m'en suis débarrassée. Dans l'islam, ce n'est pas bien de porter ne serait-ce qu'une main de Fatma ou un œil autour du cou, il y a des personnes qui le font, mais ce n'est pas bien. »

La shahada à la Mosquée : une renaissance

Comme beaucoup de femmes qui se convertissent après une rencontre amoureuse, Nicole tente de trouver des signes du destin dans cette rencontre, pour relier cet amour humain à un signe donné par Dieu. La chaîne portant sa croix se casse, alors qu'elle la met depuis des années. Puis, un jour, dans sa cuisine, sous sa tasse de café, elle voit apparaître une goutte, un signe, la main de Fatma. « On voyait bien les doigts. » Cette photo, elle me l'a même montrée et envoyée.

Elle se convertit un an après sa rencontre, en octobre 2011. Elle est alors séparée de cet homme, qu'elle dit avoir plus aimé que son ex-mari. « C'est quand même lui qui a déclenché un peu tout ça, c'est lui qui m'a un peu poussée en me parlant de tout ça. Lui, il m'a dit, j'ai été dans ta vie peut-être pour la religion, mais pourtant il m'aimait, mais il m'a dit que ça ne pourrait pas le faire entre nous parce que sa famille n'accepterait pas qu'il fréquente quelqu'un ayant deux enfants. Donc on s'est aimés, deux ans, mais c'était foutu d'avance. » Alors qu'elle a toujours des sentiments pour lui, mais qu'elle n'a plus aucune nouvelle, elle décide de franchir le pas. Elle va voir une voisine, qui partait au Maroc pour le ramadan. Cette dernière lui promet de l'emmener à la Mosquée à son retour. Nicole ne s'imagine pas aller à la Mosquée toute seule. Une fois sa voisine revenue, elles vont dans une mosquée où les femmes peuvent se rendre. Et pour ça, elles sont obligées de parcourir trente kilomètres. « Je ne savais même pas comment ça allait se passer, je ne savais rien du tout. Mais je me devais de le faire, parce que ça faisait longtemps que j'étais dans mon Coran, dans mes livres, je ne mangeais plus de porc, je ne buvais plus d'alcool, j'avais enlevé les statues chez moi, donc moi j'étais déjà dans la religion. »

Sa vraie conversion reste pour elle celle de la Mosquée, un moment dont elle parle encore avec beaucoup d'émotion.

Nicole choisit un prénom de conversion, un prénom qu'elle aimait bien dans sa jeunesse, et qu'elle s'amusait à utiliser lorsqu'on la prenait pour une « Arabe », avec son teint mat et ses cheveux très bruns. Sa voisine lui a rapporté du Maroc une djellaba et un voile. Elle a mis ses enfants à la cantine, fait ses ablutions et s'est habillée : « Ça faisait bizarre, parce qu'on ne se reconnaît pas, rien qu'avec le voile, ça change votre visage. » Sa voisine lui met les barrettes pour ajuster le voile. À la Mosquée, le discours de l'imam dure une heure trente, mais elle ne comprend rien. À la fin, sa voisine lui explique qu'une femme va venir la convertir. « Je voyais que tout le monde me regardait, elles parlaient entre elles, mais moi je ne comprenais rien. » Entre-temps, le fils de sa voisine, qui se trouve dans la salle réservée aux hommes, a prévenu l'imam que Nicole souhait se convertir. L'imam a donc chargé une femme de la convertir. Cette femme commence à chercher des témoins autour d'elle, puis s'approche de Nicole. « Et après, elles m'ont encerclée. J'avais quarante personnes autour de moi, ça fait bizarre, elles avaient soixante-dix, quatre-vingts ans... Elles m'ont demandé si j'avais un prénom de conversion, elle m'a fait répéter trois fois la shahada en m'appelant par mon prénom de conversion. Et puis elle m'a embrassée, elle m'a pris dans ses bras, et m'a dit : “Ma sœur, bienvenue dans l'islam.” Les mamies pleuraient, tout le monde voulait me toucher, c'était vraiment impressionnant, impressionnant. On aurait dit que c'était... comme on dit chez vous, le messie ! » Dans son récit de conversion, Nicole cite le Messie : elle ne peut s'empêcher de se référer à des éléments chrétiens, sa culture d'origine. « C'est tellement émouvant que j'ai pleuré. » De retour de la mosquée, Nicole fête sa conversion en cuisinant un couscous avec son frère et ses enfants. Son amie d'adolescence lui offre un gros bouquet de fleurs le lendemain. « C'est comme une renaissance. On voit la vie autrement. On ne se prend plus la tête. Une des grandes vertus dans l'islam, c'est la patience, chose que je n'avais pas. Comme si mes yeux s'étaient ouverts. »

Priorité à la communauté musulmane

Pour Nicole, sa conversion change aussi son rapport aux autres. Elle ne fréquente plus beaucoup de non-musulmans. Et sa charité s'adresse à eux en priorité : « C'est un devoir d'aider les gens… enfin les gens, je me comprends, les musulmans en particulier. On doit plus aller vers les musulmans que vers les mécréants, les Européens quoi. » Une distinction difficile à entendre. Alors je lui demande de préciser. « Mais vos frères et sœurs aussi sont des "mécréants" ? » Elle confirme. Ajoutant qu'elle aimerait pouvoir convertir ceux qui ne sont pas encore musulmans autour d'elle : « On se doit nous, en tant que musulmans, d'aller vers les gens et de les convertir. Moi j'ai eu cette chance d'être touchée par la science, et d'avoir ouvert les yeux, grâce à ce que ce garçon a fait pour moi, mais je ne sais pas si je saurai le faire. Peut-être faut-il déjà que ces personnes soient attirées par cette religion. »

Le calendrier de Nicole a également changé, elle qui respectait toutes les fêtes chrétiennes. À Noël, elle faisait chaque année la crèche, et allait à la messe de minuit. Nous nous rencontrons en période de Noël : « Regardez, là on est en période de fête, ben là j'ai un sapin pour mes enfants, le Père Noël il passe à l'école. Mais c'est quand même une fête de mécréant, comme on dit. Nous, notre fête à nous c'est l'Aïd. Et puis il y a le jour de l'an. Mais pas le 31. On dit aux musulmans de s'adapter à la société, mais quand on s'adapte trop, on ne l'est plus ! »

Nicole pense également le monde en termes de communautés. Elle qui était catholique jusqu'à il y a encore peu s'est récemment posé la question de savoir si elle pouvait entrer dans une église, lors d'un concert de gospel auquel elle était invitée : « Ça m'a fait bizarre. Je me suis dit, est-ce que j'ai le droit de rentrer ? Pas le droit ? »

Difficultés pour la prière

Nicole ne pratique pas encore totalement, puisqu'elle ne fait pas la prière de manière assidue. « Moi je suis modérée, je fais la prière mais pas comme il le faudrait. Je fais, j'arrête… » Elle fait le ramadan en entier depuis quatre ans, admettant que la soif qui la tenaille en été est difficilement supportable. Durant le ramadan, la présence de ses amies musulmanes l'aide dans sa pratique. Elle se retrouve alors avec son amie ou sa voisine, qui lui donnent des « tuyaux » pour savoir les horaires de repas. Enfin, elle espère également aller à La Mecque, un pèlerinage impossible aujourd'hui à envisager faute d'argent : « J'irai quand je serai vieille, quand mes enfants seront grands. »

Mais elle ne fréquente pas la mosquée, déjà parce qu'elle ne comprend pas le discours de l'imam en arabe, et puis parce qu'elle manque d'amies pour l'accompagner.

Des enfants désormais élevés dans la religion

Ses enfants, qui n'étaient pas musulmans de naissance, sont donc désormais élevés dans la religion. Elle a même fait circoncire son aîné juste après sa propre conversion. Son fils a alors 7 ans – la circoncision a donc lieu sous anesthésie générale, afin d'éviter la douleur. Sa fille, elle, a eu une cérémonie traditionnelle quand elle était bébé, qui marquait son entrée dans la communauté musulmane. Nicole avait alors accepté que sa belle-mère fasse la cérémonie du septième jour de sa naissance, la aqiqa. Une cérémonie traditionnelle, au cours de laquelle la famille a cuisiné un couscous pour le nouveau-né, et appliqué du henné à l'enfant. « On dit que c'est pour protéger l'enfant. » Nicole dit déjà à ses enfants qu'ils doivent se marier avec une personne de leur religion. « S'ils ne le faisaient pas, j'accepterais, mais bon je me dis que je les aurais élevés là-dedans, et que quelqu'un de l'extérieur les éloignerait de la religion. » Ce qui la gêne, c'est que leur père ne soit pas pratiquant. Il a le droit de visite chez ses parents à lui, une fois par mois. Son ex-belle-famille n'en revient pas : « Je fais le ramadan alors qu'eux ne le font pas. Moi, la petite Européenne. J'ai circoncis mon fils, alors que son père n'en a jamais parlé. Ça leur en a bouché un coin ! Moi j'ai invité la belle-mère pour la circoncision, ça l'a émue quand même ! Eux, ils disent que c'est bien. Ils sont contents, parce que j'ai des enfants à moitié maghrébins. »

La rencontre avec un musulman de naissance

Mère de deux enfants, elle n'arrive pas à trouver la relation qu'elle souhaiterait. Nicole rencontre des hommes sur des sites de rencontre. Elle était sur un site de rencontre communautaire, Mektub, mais elle s'est désinscrite : « Mais alors, ça n'est vraiment pas respectueux, contrairement à ce que je pensais, c'est un site… quand même… de par les photos, on ne peut pas mettre de photos de filles dénudées… On vous dit bonjour, comment tu t'appelles, et après on vous demande tout de suite votre numéro de téléphone, etc. Quand même, je me suis dit pour un site maghrébin, chapeau. » Hors de question pour Nicole d'être avec un non-musulman. Son souhait serait de grandir dans sa foi avec un musulman : « Finalement, je me suis convertie par conviction oui, mais j'ai besoin de quelqu'un qui m'apprenne. Par les livres, ce n'est pas pareil qu'en vrai. Un musulman de naissance, lui, il sait. » Elle souhaite porter le voile, pour être soumise à Dieu, avoir une pratique « entière », comme elle la qualifie.

De la difficulté d'être convertie

Les musulmans lui disent : « Les convertis ont plus de mérite que nous, parce que nous, on naît comme ça, on nous a inculqué une religion, et on ne la pratique pas. Tandis que le converti, il cherche toujours à comprendre, il cherche toujours à être plus près de Dieu. Tout ce que moi j'avais appris avant, il faut l'effacer. » Des paroles qui réconfortent Nicole dans son chemin de conversion. Mais pour faire face à son isolement, elle qui n'a pas de belle-famille musulmane, Nicole parle sur des forums avec des converties.

Désormais, elle a repris le travail, comme auxiliaire de vie. La religion lui enseigne de ne pas se plaindre de sa situation économique : « Celui qui se contente de peu ne manque de rien », me dit-elle. La religion est pour elle une béquille, elle l'avoue elle-même : « Dans ma vie, j'ai toujours manqué de quelque chose, et c'est vrai que je me suis un peu raccrochée à la religion. Après le décès de mes parents. J'ai mes enfants certes, de toute façon, comme je dis, je fais encore partie de ce monde grâce à mes frères et sœurs que j'ai dû élever, et à mes enfants. Ils m'ont sauvée, parce que, bien avant, je n'avais pas vraiment d'attache. J'ai eu un mariage merdique, la prison, l'adultère… J'aurais pu mettre fin à mes jours avant d'avoir mes enfants et d'être convertie. Maintenant non ! Ça, c'est vraiment un des péchés les plus gros de l'islam. »

L'exemple de Nicole est particulièrement intéressant dans la mesure où sa conversion a eu lieu après avoir eu des enfants : elle souhaiterait désormais qu'ils ne se « mélangent » pas. Dans son récit, sans filtre, le terme de « mécréants » est revenu plusieurs fois. Nicole a également utilisé ce mot pour évoquer ses parents, défunts. « Moi je sais que tous les soirs, je prie à ma façon, j'ai toujours une pensée pour mes parents, morts en mécréants certes, mais des gens bien. » Tous les soirs, Nicole répète « morts en mécréants », dans une prière plutôt d'inspiration chrétienne, dans son lit, avant de s'endormir.

Anne-Sophie, directrice de crèche convertie pour sa belle-famille

Anne-Sophie est une « banlieusarde » du Val-de-Marne, elle a 35 ans. Classe moyenne, parents employés dans le tertiaire, famille catholique. Blonde aux yeux bleus, il y a peu de chance de se rendre compte qu'elle est convertie, si elle n'en fait pas mention. Sa conversion est très récente lorsque je la rencontre, la première fois. Et pourtant, Anne-Sophie n'est pas dans les mêmes préoccupations spirituelles que les autres converties. Son chemin vers l'islam, elle le fait clairement après que son mari s'est lui-même rapproché de cette religion. Paradoxalement, son chemin vers l'islam semble très simple. Elle a appris la prière avec beaucoup de sérieux, et peut aujourd'hui la transmettre à ses enfants sans éprouver la moindre difficulté.

Le rapport à la religion dans la famille

Enfant, Anne-Sophie allait à la messe le dimanche avec sa mère. Elle a également été élevée par une nourrice catholique, très croyante. Dès son plus jeune âge, elle est donc entourée de personnes croyantes. Baptisée, elle a fait ses deux communions, et a même suivi des cours de catéchisme durant toute son école primaire – le mercredi. Elle pense avoir toujours été croyante, même si elle s'est rebellée au moment de sa confirmation, qu'elle refuse de faire : « J'avais toujours tout fait pour faire plaisir à mes parents, et puis j'ai fait une petite rébellion. »

Durant sa jeunesse, Anne-Sophie a beaucoup d'amis très proches musulmans. Elle souligne qu'elle a d'ailleurs plus d'amis musulmans que catholiques. Et, avec eux, elle se sent bien. Elle raconte se sentir mieux avec les musulmans qu'avec ses camarades juifs, anecdote à l'appui. En BEP, elle se retrouve dans un établissement qui compte beaucoup d'étudiants juifs. Un discours que l'on retrouve quasiment chez toutes les jeunes femmes converties à l'islam : toutes ont un discours négatif sur la communauté juive, mettant en avant une communauté close, à laquelle il serait difficile d'appartenir. « J'ai eu une amie juive très proche, mais elle m'a vraiment fait sentir la différence. J'étais goy, comme elle le disait souvent. » Un jugement qui repose également sur une expérience de vacances. Partie en Espagne avec ses amis, elle se sent mal à l'aise, et quitte peu à peu le groupe : « Du coup, j'ai rencontré des musulmans français sur place à Alicante et je suis restée avec eux. Ils m'ont acceptée comme j'étais, blonde aux yeux bleus. Là je n'ai senti aucun rejet. »

Après avoir été mal orientée, Anne-Sophie se retrouve en terminale à 22 ans. Elle décide alors de suivre une fac de psychologie, un an. Elle passe enfin le concours pour être éducatrice spécialisée. Elle connaît sa première histoire d'amour avec un Antillais, catholique. C'est l'histoire d'amour suivante qui l'amène vers l'islam.

Si tu deviens musulmane, c'est tout bénef...

L'islam n'est pas étranger à Anne-Sophie. Ses fréquentations sont musulmanes, et sa cousine germaine est également convertie. Ensemble, elles ont échangé sur la religion. Mais Anne-Sophie ne se pose aucune question ni sur sa religion originelle ni sur l'islam. Ce cheminement vers l'islam est clairement lié à son mariage : comme si Anne-Sophie s'était peu à peu laissé imposer une nouvelle identité, et avait choisi une pratique.

L'islam entre véritablement dans sa vie au moment où son compagnon « se met dans la religion ». Son compagnon, c'est Mamadou. Elle a 23 ans, lui 25 ; le coup de foudre a lieu lors d'une soirée en boîte. Lui est né en France de parents maliens, musulmans pratiquants. Mais à l'époque, il ne pratique pas – à part le ramadan. Le reste du temps, il boit de l'alcool, fume, ne fait pas ses prières. « Ça avait le don de m'énerver, je trouvais ça profondément hypocrite, pendant un mois il était totalement musulman, puis, plus du tout le reste de l'année », raconte Anne-Sophie. Quelques années après leur rencontre, ils emménagent ensemble, ce qui est contraire aux règles religieuses. Mamadou décide seul de pratiquer de manière plus assidue, après avoir terminé le ramadan. Il cesse alors de boire de l'alcool, commence à faire les cinq prières par jour et mange halal. « Sans pour autant me demander de le faire », ajoute Anne-Sophie. « Ça n'a pas changé notre vie, ni notre vie de couple, il ne m'a pas mis la pression, il m'a juste demandé de ne pas acheter de porc, mais je ne le faisais pas de toute façon. » Je lui demande alors s'il émet à ce moment-là le souhait qu'Anne-Sophie devienne musulmane : « Il doit se le dire, mais il ne m'en parle pas. Il me disait : "Je t'ai choisie comme ça. Maintenant, si tu deviens musulmane, c'est tout bénef"... » Façon de le dire en riant. À partir de là, il va à la mosquée tous les vendredis – il a même choisi le vendredi comme jour de repos dans son travail.

Le mariage religieux, l'entrée dans la communauté

Deux ans après avoir emménagé ensemble, ils se marient. Pas de mariage civil, mais uniquement un mariage religieux, qui a lieu à la mosquée de Bagnolet. À cette époque, Anne-Sophie ne semble pas plus intéressée que ça par l'islam. Elle, en tant que catholique, n'a nul besoin de se convertir. C'est seulement la deuxième fois qu'elle entre dans une mosquée, et la première fois qu'elle a poussé la porte, c'était pour rencontrer l'imam et parler du mariage. Le jour de la cérémonie, elle porte la tenue blanche traditionnelle, une djellaba, avec un voile blanc. Sa mère est présente, sa cousine convertie également, et des amies. Son père, lui, n'est pas présent, et ne peut donc servir de témoin, comme le souhaiterait l'un des imams de la mosquée. Anne-Sophie ne le lui a même pas demandé. « Noir et musulman, ça n'était pas concevable, il l'a dit tout de suite. » C'est un ami d'enfance de son mari qui sert alors de témoin. Mais ce mariage a bien failli ne pas avoir lieu : l'imam qui devait normalement célébrer leur mariage ne peut célébrer l'union. C'est pourtant celui qui a rencontré les futurs époux la semaine d'avant, c'est lui qui connaît les témoins. L'imam qui le remplace refuse de les marier au motif que le père de la mariée n'est pas son témoin. Le premier imam, plus libéral, est donc rappelé en catastrophe. Un mariage au cours duquel il demande aux hommes et aux femmes de se réunir dans la même salle. Après le mariage, les hôtes partagent tous un poulet yassa – typiquement malien – à la mosquée, puis s'ensuit une cérémonie malienne, chez les parents du mari, avec énormément de monde. « Les femmes ont dansé, chanté, tapé des casseroles avec les enfants. C'était génial ! » raconte Anne-Sophie.

Signe de son entrée dans la communauté musulmane, Anne-Sophie a même adopté un nouveau prénom le jour de son mariage. C'est celui que lui donne depuis quelques années sa belle-famille : Aminata. Aminata est censé ressembler à son prénom, Anne-Sophie. « Au début, je ne me retournais pas quand on m'appelait. Je me souviens une fois, il y a eu une grande fête avec les femmes, j'ai sonné en bas, on m'a demandé qui c'était, j'ai dit Anne-Sophie. "C'est qui ?" ont-elles répété. Puis j'ai dit : "C'est Aminata", et là elles m'ont ouvert ! »

Ce prénom va devenir son prénom de conversion. Contrairement à de nombreuses converties qui choisissent avec beaucoup d'attention le sens de leur futur prénom musulman, Anne-Sophie accepte volontiers un prénom musulman malien choisi pour elle par sa belle-famille.

La naissance de ses enfants et les premières questions

Pendant sa première grossesse, Anne-Sophie commence à s'intéresser à la religion. Puis, à la naissance de sa fille, elle lui donne un prénom musulman. Je lui pose alors une question : « Si vous aviez voulu donner un prénom français, d'origine chrétienne, votre mari aurait-il accepté ? » Anne-Sophie répond : « J'ai un doute, mais ça ne s'est jamais posé. » Puis, à la naissance de son fils, ils lui donnent un prénom de prophète musulman.

« C'est le fait d'avoir un enfant qui a commencé à me faire réfléchir. Puis une fois on a eu une grosse conversation sur la vie après la mort, moi j'y croyais. On en a parlé avec Mamadou, et il m'a dit : "Si tu ne pratiques aucune religion, que ça soit la religion catholique ou autre, après la mort ça va être compliqué." J'étais enceinte de ma fille, et il m'a fait vraiment peur ! Je me suis dit qu'il fallait que je choisisse une religion, vu que je croyais en Dieu. Pourquoi ne pas choisir une religion, une bonne fois pour toutes ? » Anne-Sophie commence à lire des livres sur l'islam que ses beaux-parents lui ont offert ; elle arrête le porc et l'alcool. « Le petit champagne de Noël m'a manqué, en ce qui concerne le saucisson l'industrie halal fait de très bons produits qui y ressemblent. » Anne-Sophie est l'une des seules converties à avouer ses petites difficultés à ne plus manger de porc et à ne plus consommer d'alcool. Peut-être aussi parce que son chemin dans l'islam, elle semble le faire à ce moment-là beaucoup plus pour sa famille que pour elle-même. Puis Anne-Sophie commence à se dire qu'elle va apprendre les prières. Son beau-père décède, elle se convainc alors qu'il faut qu'elle pratique une religion si elle veut le revoir un jour, dans un autre monde. « L'islam, c'était le plus logique, avec ma fille et mon mari, ma cousine aussi... »

L'adoption des pratiques religieuses et sociales avant la conversion

« Logique » : c'est le terme qu'emploie Anne-Sophie. Son mari commence alors à lui apprendre une phrase par jour phonétiquement en arabe : « Avec Mamadou on se mettait sur le canapé et il faisait mon prof. » Elle a la traduction sous les yeux, et comprend donc le sens des prières. « Ça a duré longtemps, parce que c'est long à apprendre. Pour bien faire il faudrait apprendre tous les versets du Coran pour pouvoir les inclure chaque fois dans les cinq prières. Moi je ne connais que trois versets pour l'instant. » L'apprentissage dure un an et demi. Sa première prière, elle s'en souvient, puisque sa petite fille, à côté d'elle, lui demande ce qu'elle fait. « Je me suis trompée, j'ai tout recommencé. Ma première prière a duré une éternité. J'étais fière de l'avoir faite. » Anne-Sophie me dit qu'elle commence alors à se sentir musulmane. Désormais, elle prie tous les jours, en rattrapant le soir les prières qu'elle n'a pas pu faire durant la journée. Je lui demande comment elle se sentirait si elle en sautait certaines : « Ça me dérangerait. J'aurais l'impression d'avoir fait une erreur. »

Le ramadan

Elle commence également à jeûner, pendant le ramadan, sans le faire en entier. Puis réussit à jeûner un mois complet. Les deux années qui suivent, elle ne peut pas le mener à terme car elle apprend qu'elle est enceinte. Par la suite, elle fait même le jeûne supplémentaire de six jours, qui permet de donner des « hassanet », les bonnes actions. Pour elle, désormais, le ramadan dure très longtemps, puisqu'elle doit également rattraper ses jours d'indisposition. Impossible de jeûner ni de prier. Son ramadan dure en tout un mois et deux semaines. « Je me lève à quatre heures pour manger, je prie, et je me recouche un petit peu, et remange à 22 heures l'été. » Autant dire que sa pratique est plus qu'assidue. Mais, le vrai contraste chez Anne-Sophie, c'est qu'elle donne des détails sur sa pratique – par exemple elle est la seule à avoir expliqué le contenu des cinq prières. Mais elle ne parle jamais de foi, de croyance, ni de spiritualité.

La shahada devant la télévision chez sa belle-mère, puis la conversion officielle

La conversion a lieu avec Mamadou et son petit frère, dans l'appartement de sa belle-famille, à l'issue de l'année et demie d'apprentissage de la prière. Ils sont ses deux témoins musulmans. « On était chez ma belle-mère, on parlait et Mamadou me dit : ben vas-y convertis-toi. Mais il y avait des enfants partout, la télé qui fonctionnait… Je leur ai dit que j'allais le faire. Son petit frère m'a dit que je pouvais le faire là, maintenant, comme ça. “De toute façon c'est dans ton cœur. Et puis on est deux témoins musulmans, c'est bon tu peux le faire." J'ai trouvé ça un peu rapide. Évidemment, dans mon cœur c'était déjà fait mais j'avais envie de quelque chose un peu plus… » Je lui demande alors pourquoi elle l'a fait : « Parce qu'ils me l'avaient demandé, donc j'ai dit d'accord, j'ai dit la phrase et en plus j'ai bafouillé ! » Sa belle-mère lui conseille ensuite d'aller faire sa conversion à la mosquée, devant plusieurs témoins, pour avoir l'attestation. Elle appelle alors la mosquée que fréquente sa belle-mère, celle de Rosny. Et s'entretient, une semaine avant sa conversion officielle, avec une femme de la communauté qui lui pose quelques questions sur ses convictions.

Lorsque nous nous sommes parlé la première fois, Anne-Sophie venait de se convertir officiellement à la mosquée dix jours avant… « C'est un truc hallucinant ! J'ai dit les phrases en français… Mais je ne savais plus ce que je devais dire… J'ai senti plein de mains sur moi ! Tous les hommes au rez-de-chaussée qui disent Allah Aqbar ! Allah Aqbar ! Et les femmes qui applaudissent, me serrent dans leurs bras en me disant bravo, félicitations. Je ne savais plus où j'étais. Les femmes pleuraient tellement elles étaient contentes. Il y avait beaucoup de converties comme moi, blondes aux yeux bleus, à Rosny. Ce sont elles qui m'ont serré le plus fort dans leurs bras. » Encore une fois, dans le récit d'Anne-Sophie semble poindre la volonté de bien faire, de contenter tout le monde, et surtout sa belle-famille.

Les recommandations des femmes après la conversion

Les femmes lui font des recommandations après l'acte de conversion : bien faire ses prières, ne pas toucher le Coran lors de ses règles, porter le voile. Une femme lui demande même ce jour-là si elle peut le porter au travail. Elle lui explique qu'elle ne peut pas. Dernier conseil donné par une des femmes : éduquer ses enfants dans la religion.

Juste après, elle retourne travailler. Son mari, qui était dans la salle des hommes, est allé voir l'imam à l'issue de sa conversion : « C'est ma femme qui s'est convertie, lui a-t-il dit ! Je pense qu'il était fier que je me convertisse à la mosquée. Il ne m'a jamais forcée à le faire, mais le jour où je l'ai fait, il était vraiment heureux. »

À l'issue de sa conversion, la mosquée lui offre des livres sur l'islam, puis elle reçoit des textos de félicitations de sa belle-famille. « Depuis ça n'a pas changé grand-chose, c'est la finalité qui manquait à mon cheminement. J'ai l'impression d'être complètement musulmane maintenant. » Un mois après sa conversion, elle reçoit chez elle son attestation de conversion, à son nouveau prénom musulman : Aminata. Le prénom qu'avait choisi pour elle sa belle-famille.

L'adoption des pratiques religieuses et sociales

Pour Anne-Sophie, l'essentiel de l'apprentissage de l'islam se fait dans son couple et dans sa belle-famille. Anne-Sophie ne fréquente pas la mosquée. Dans leur couple, chacun renseigne l'autre dès qu'il a une information : « Récemment je l'ai informé sur les jours de jeûne qu'on peut faire dans l'année hors ramadan. Et puis moi, sur le ramadan, je lui demande comment je dois être habillée. Comment me comporter… » Durant le ramadan, le soir ils restent en général tous les deux lors de la rupture du jeûne. Et puis, le week-end, ils vont dans la famille de son mari.

La transmission à ses enfants

Elle veut mener ses enfants sur la bonne voie, dit-elle : « À eux de choisir après s'ils veulent suivre ou non la religion. » Pourtant, chez Anne-Sophie, hors de question de ne pas faire Noël, même si Noël est célébré comme une fête païenne : « On fête Noël pour les cadeaux. On fête le Père Noël, pas la naissance de Jésus. On a un sapin, moi je trouve ça magique de décorer un sapin. On compte même les jours avec le calendrier Kinder de l'Avent. Ma fille elle est en France, elle baigne dedans, les copines écrivent la liste, je me vois très mal lui dire qu'elle ne pourrait pas. Même elle le dit : “C'est trop bien d'être musulmane, parce qu'il y a l'Aïd et Noël ! Deux fois où je reçois des cadeaux.” » À l'école, Anne-Sophie a pourtant demandé à sa fille de ne pas dire qu'elle était musulmane. Par peur des discriminations.

L'islam et la femme

Anne-Sophie ne voit aucun problème entre sa pratique de la religion et son statut de femme : « On ne peut pas juger quand on ne connaît pas. La preuve, je suis musulmane, je suis non voilée, je suis habillée normalement. Après on pratique la religion comme on le souhaite, et on n'est pas dans le faux si on n'est pas voilée… »

Le voile, elle ne se voit pas du tout le porter, car elle considère à la fois qu'elle n'est pas prête par rapport à ce qu'elle est, et pas prête non plus à soutenir le regard des autres : « Là, ça ne serait plus moi. Il faut assumer, ensuite, le regard des autres. »

Pour elle qui a été élevée dans un environnement de totale mixité, la non-mixité dans les mosquées ou au cours de repas familiaux ne lui pose aucun problème, elle s'y conforme : « Chaque religion a ses règles… Et puis de toute façon la femme dans n'importe quelle religion, c'est pareil… »

En réalité, lorsque nous l'interrogeons sur l'avortement, le divorce, le mariage homosexuel, Anne-Sophie a des positions qui ne sont pas du tout liées à la religion ni à l'islam. Elle a des positions civiles, et non religieuses.

Laïcité et religion : pas de voile au travail

À la crèche, Anne-Sophie a trois salariées qui portent le voile. Hors de question qu'elles le portent pendant leurs heures de travail. Anne-Sophie les autorise à porter un petit bandeau. « On a trouvé un accord. C'est la fonction publique. Je ne l'interdis pas dehors avec les enfants, au parc, lorsqu'il y a les pères qui peuvent être présents. Mais, dans les locaux, non. »

Le rapport à sa propre famille

Anne-Sophie a eu du mal à parler de son chemin vers la conversion avec sa mère, pourtant compréhensive : « J'ai eu du mal à lui dire que j'étais dans la religion, j'avais peur qu'elle le prenne mal. Je le lui ai finalement dit, et elle l'a très bien pris. Elle le sait, je fais mes prières devant elle, parce que l'appartement n'est pas très grand et quand les enfants dorment je ne peux les faire que devant elle. La dernière fois, je lui ai demandé de ne pas me regarder, c'était bizarre en fait. » Elle n'a pourtant pas tenu sa mère au courant du jour de sa conversion à la mosquée : « Elle était déçue, elle aurait pu être à mes côtés. Moi je ne sais toujours pas pourquoi je ne voulais pas qu'elle vienne, alors qu'elle a toujours tout bien pris. » Sa mère est pourtant invitée par la belle-famille d'Anne-Sophie lors des grandes fêtes religieuses comme l'Aïd, ou pour les mariages religieux. Reste sans doute un malaise : « Mes parents ne fréquentaient pas du tout de musulmans. C'est à l'opposé de là d'où je viens. » Son père voit ses enfants, mais ils n'abordent jamais le sujet de la religion. Il n'est pas du tout au courant de sa conversion.

Le récit de conversion d'Anne-Sophie est singulier par rapport aux autres, dans la mesure où il y a une appropriation quasiment totale des pratiques, et de la prière notamment, mais très peu d'éléments dans son discours sur sa foi et sa croyance, sa quête d'islam. L'islam a été clairement choisi parce que c'est la religion de son mari et de sa belle-famille, comme pour faciliter les choses, et leur faire plaisir. Et, à part les tensions avec son père, en découle une situation apaisée.

Irène, au service du tourisme halal et d'un engagement citoyen musulman

À 40 ans, Irène est convertie depuis environ quinze ans. Une conversion liée à la rencontre avec son mari, chirurgien d'origine algérienne, musulman pratiquant. Aujourd'hui l'islam est présent dans sa vie de tous les jours, et dans toutes les sphères de sa vie – professionnelle, politique, associative. Son travail est d'ailleurs au service de l'islam : elle a ouvert l'un des premiers châteaux « muslim friendly » dans la région du Pays de la Loire. Proche des idées de Tariq Ramadan, elle défend un engagement politique en tant que citoyenne musulmane : elle a été élue comme conseillère municipale. Mère de quatre enfants, en dehors de son travail elle mène de nombreuses activités associatives au service du rayonnement de l'islam.

La religion dans la famille

Les parents d'Irène sont cadres ; ils ont élevé Irène et sa sœur à la campagne, en Haute-Saône. Une jeunesse « privilégiée », comme elle le dit elle-même, au sein d'une famille de culture catholique, avec des parents ouverts à la communication. Enfant, elle célèbre toutes les fêtes catholiques, va à la messe de minuit, fête Pâques, suit même les cours de catéchisme, et va à un collège catholique. Elle a fait ses deux communions, mais pas sa confirmation. La personne la plus pratiquante autour d'elle est sa tante, une femme active dans sa paroisse, proche du curé, qui répond aux questions d'Irène. Car elle dit se poser assez tôt la question sur la vie, sa conception, et donc la sexualité, sans avoir de réponses de la part du catéchisme. Une forme de tabou, qui est aussi présent chez sa mère. Une façon de dire que la religion catholique ne parle pas assez de la vie quotidienne – contrairement à l'islam : « Ce que nous vivons tous les jours n'est pas différent d'un temps spirituel, c'est en continuité. » Mais à cette époque l'islam n'est pas présent dans son horizon. Au lycée, le seul musulman qu'elle connaît est un enfant d'origine tunisienne adopté par un couple de pharmaciens.

Irène connaît son premier amour à 16 ans, une histoire dont elle parle peu, et avec pudeur, car ce garçon a eu un grave accident de moto qui le laisse paraplégique à 20 ans. Ils se sépareront alors.

Le chemin de conversion : entre rencontre amoureuse et rencontres amicales

« À 20 ans, la présence de Dieu est devenue forte. Dieu est devenu une réflexion permanente. » Irène ne fait pas directement le lien entre l'accident de ce garçon qu'elle a aimé, et sa réflexion spirituelle – sans le nier toutefois : « Ça a pu être un facteur pour arriver à cette réflexion, j'avais beaucoup de tristesse, j'appréhendais la nouveauté. Mais, hormis mes questionnements jeune, je n'étais pas du tout pratiquante, je n'avais pas eu avant ça de réflexion personnelle sur la foi. » Durant cette phase de réflexion, Irène raconte avoir tenté de partager ses interrogations avec ses amis de confession juive, en leur demandant de connaître des pratiquants, mais en vain : « Ça n'était pas très facile d'entrer en contact avec des pratiquants, quand je leur demandais de rencontrer des amis à eux pratiquants, ils n'acceptaient pas. Je n'ai donc pas eu le plaisir d'en rencontrer. » Le vrai déclencheur semble être sa rencontre avec son futur mari, qui coïncide avec son rapprochement avec des camarades de fac musulmanes. Encore une fois, comme beaucoup de converties, Irène insiste sur le fait qu'il a été plus simple d'entrer en contact avec des musulmanes pratiquantes, qu'avec des juives pratiquantes.

Elle a 23 ans, elle suit alors des études de lettres, et travaille l'été dans une clinique, où son futur mari, chirurgien, a de nombreux amis. Saïd est algérien, il est le septième enfant de la famille, a grandi dans le 93. Il vient d'une famille traditionnelle, a toujours célébré les grandes fêtes musulmanes. En parallèle de sa relation amoureuse, elle noue des amitiés avec des jeunes femmes voilées : « Il y avait un besoin de leur part qu'on s'intéresse à elles. À l'époque, c'était difficile pour elles de vivre leur islam avec des non-musulmans, mais moi j'ai été acceptée. J'ai très vite été invitée dans la famille, et comme j'avais un intérêt pour cette religion, ça m'a captivée. » Avec elles, elle dit avoir enfin trouvé une réponse religieuse à la vie de tous les jours. « J'ai compris que le Prophète apportait une réponse ancienne à des faits actuels, par exemple sur la question du divorce. Il y a donc des centaines d'années, on trouve une trace d'une réflexion sur le divorce. » Pendant quatre ans, elle chemine. Ses amies lui apprennent la prière, elle suit des cours de religion organisés par l'une d'elles le samedi après-midi : « J'ai voulu y assister, sans être musulmane. Je m'asseyais dans un coin. »

Quatre ans plus tard, elle dit commencer à se sentir musulmane. Elle décide alors de prononcer la shahada, et demande pour ce faire conseil à un imam. Cet imam lui explique qu'elle a déjà prononcé la shahada, puisqu'elle fait la prière musulmane. Il tente par ailleurs de la déstabiliser, en lui demandant sur un ton un rien ironique si elle attend une fête, une cérémonie à l'issue de cette shahada. Ce qui ôte l'envie à Irène de prononcer sa shahada de manière officielle à la mosquée : « Du coup, je n'ai rien fait. »

Cinq ans après la rencontre avec son compagnon, la question du mariage se pose. Irène est alors présentée à la famille, une famille qui n'accepte pas l'union avec une « Française ». Irène et son mari ont bien failli ne jamais se marier : la famille de Saïd lui impose d'épouser une Algérienne, ce qu'il n'arrive pas à refuser. Il se sépare d'Irène, et se fiance avec quelqu'un d'autre. Irène poursuit de son côté son chemin dans l'islam, elle fréquente un autre jeune homme musulman. Elle et Saïd restent séparés un an, mais finalement lui refuse de se marier avec la jeune femme algérienne. Saïd tente alors de reconquérir Irène, puis la demande en mariage, avec succès.

Le mariage a lieu pendant le mois de ramadan, à la mosquée, sans les parents d'Irène, avant les prières nocturnes. Elle a choisi quatre amis musulmans qui lui servent de témoins, parmi eux son boucher, un professeur d'arabe à la mosquée, deux amis dont elle connaît les épouses. « Ils devaient être témoins de cette union, pour voir si le contrat était respecté. Le contrat, c'est la vie qu'on souhaite vivre ensemble. Et il y a une dot, dans mon cas c'était une bague. C'est la fille qui choisit sa dot, et puis ensuite elle est présentée aux témoins le jour du mariage. » Ils se sont également mariés civilement huit mois après, mais uniquement pour avoir un statut alors qu'ils s'apprêtaient à partir vivre aux États-Unis. C'est clairement le mariage religieux qui avait le plus d'importance à leurs yeux.

Un début de mariage difficile

Irène parle avec franchise de ses débuts de vie matrimoniale, qui n'ont pas été simples. Elle a l'habitude de beaucoup sortir avec ses amies musulmanes, dont beaucoup sont célibataires, pour suivre notamment des cours, assister à des conférences. Son mari limite ses sorties : « J'ai été freinée, je ne comprenais pas. Mon mari n'acceptait pas, il y a eu des tensions. Je crois que c'est important, lorsqu'une fille se marie, de lui expliquer son rôle. » Une difficulté qu'elle semble avoir dépassée par la suite : « On a consolidé notre mariage. »

De la difficulté de transmettre la religion à ses enfants

Irène parle de sa difficulté à transmettre sa nouvelle foi à ses enfants. « C'est une horreur ! Je ne sais pas si c'est que je n'ai pas la bonne pédagogie, ou que je ne suis pas la meilleure pratiquante, mais ils prennent la pratique de l'islam comme un loisir. Ils sont jeunes, alors ils ont du mal, c'est une contrainte. » Ses enfants suivent pourtant tous les dimanches matin un cours de religion et d'arabe, mais les difficultés sont liées à la pratique au quotidien. Irène se remet elle-même beaucoup en question : « Comme leur père voyage beaucoup, il a une position avec eux moins pragmatique. Moi, c'est du quotidien et de la répétition ; lui, il entre plus dans la discussion, moins dans les ordres. » Et elle doit notamment faire face à une critique imparable de la part de ses enfants lorsqu'ils ne veulent pas pratiquer, et qui est liée à sa condition de convertie : « Mais toi, maman, tu as eu le choix de ta religion. »

Ses enfants sont tous scolarisés à l'école privée catholique. Il est fréquent que les musulmans mettent leurs enfants dans une école privée, comme nous l'avons déjà vu pour Assia notamment. « C'est pour la qualité de l'enseignement, et puis, on préfère une école avec la présence de Dieu que sans la présence de Dieu. »

Le séjour en Angleterre,
et la facilité d'y vivre son islam

Irène et son mari devaient partir vivre aux États-Unis, à Detroit, pour le post-doctorat de son mari, le 30 septembre 2001. Leurs collègues les en ont dissuadés, tant le sentiment antimusulman était soi-disant fort à Detroit. Ils changent donc leur plan et partent à Sheffield, en Angleterre. « C'était beaucoup plus simple qu'en France pour vivre l'islam. Les Anglais de notre entourage n'ont pas compris cette loi qu'ils nous ont pondue sur le voile à l'école en 2004 ! Les gens étaient outrés. » C'est d'ailleurs en Angleterre que naît leur idée de se lancer dans le tourisme « muslim friendly », une expression qu'Irène préfère au terme de « tourisme halal » : « On avait été charmés par les cottages bed & breakfast pour les musulmans. »

Par rapport à ce sentiment de liberté qu'ils éprouvent dans la pratique de leur religion en Grande-Bretagne, l'idée de rentrer en France leur est dans un premier temps difficile.

L'adoption des pratiques religieuses

Irène pratique sa foi au quotidien, en tentant de l'adapter à une vie ultra-remplie. « Il y a une intelligence à avoir au quotidien par rapport à sa foi et à sa pratique dans sa vie de tous les jours. » Par exemple, Irène réussit à faire tous les jours la prière, tout en s'occupant de ses quatre enfants. Elle se rend à la mosquée une fois par mois, pour la prière du vendredi. Dans les premiers temps de sa conversion, elle raconte avoir eu besoin d'aller beaucoup plus régulièrement à la mosquée.

Convertie depuis quinze ans, Imane, son nom de conversion, continue pourtant l'apprentissage : elle suit un cours sur le récit des Prophètes. Pour être totalement conforme selon elle aux attentes de la religion, il ne lui resterait plus qu'à accomplir deux actions, que sont le port du voile et le pèlerinage.

Voile

Irène a porté un temps le voile lorsqu'elle vivait en Grande-Bretagne. Elle aimerait le porter tout le temps, mais évoque son mètre quatre-vingts pour expliquer le fait qu'elle aurait trop peur d'attirer l'attention sur elle. Elle se reprend d'ailleurs : « Ce n'est pas très religieux ce que je vous dis, je ne parle que de moi, alors que je devrais parler du texte, c'est plus important. Mais ça, ce que j'exprime c'est un sentiment, une réflexion personnelle. Disons que c'est un certain niveau de pudeur, et que je n'en suis pas là. » Elle a déjà changé de tenue vestimentaire au moment de sa conversion. Elle ne montre ni ses jambes, ni ses formes.

Au sein de sa communauté, elle trouve en revanche que tous les imams n'ont pas les bonnes réponses concernant le bon comportement que les musulmanes vivant en France doivent adopter. « Ils sont quasiment tous formés à l'étranger, parfois ils arrivent avec un discours qui n'est pas adapté à la société française. Certains sont catégoriques sur le fait que la femme doit se couvrir les cheveux. Oui, mais la femme en Occident a aussi besoin de travailler, et puis elle doit se protéger d'une éventuelle agression dont elle pourrait être victime en portant le voile… Porter un chapeau est peut-être parfois plus recommandé. » Elle défend plutôt l'idée d'un islam en France[1] – avec des imams formés en

1. L'expression « islam en France » s'oppose à celle d'« islam de France », qui désigne la création d'un interlocuteur unique musulman sous l'impulsion de l'État type Conseil français du culte musulman.

France. Lorsqu'elle a une question à poser sur sa pratique, elle préfère d'ailleurs s'en remettre à ce savant algérien formé à Château-Chinon[1] qui lui enseigne l'arabe, plutôt qu'à l'imam comorien de sa mosquée.

Impossibilité de partir à La Mecque

Je lui pose la question de savoir si elle compte faire le pèlerinage à La Mecque. Impossible, me répond-elle : « Quand vous partez à La Mecque, vous ne devez pas avoir de prêt ! L'emprunt dans une banque type française, avec des intérêts, n'est pas accepté. Malheureusement, on n'a pas eu le choix de faire ce type d'emprunt. » Pour être « charia compatible », cet emprunt aurait dû être contracté selon les règles de la finance islamique, qui interdit notamment le prêt à intérêt. Mais Irène et son mari n'ont finalement pas réussi à faire autrement, et ont dû aller contre l'un des interdits de l'islam. Irène se rassure cependant en se référant aux avis de certains savants musulmans, lesquels autorisent en Occident ces formes de prêts, l'important étant que les musulmans aient accès à la propriété.

Vivant dans une ville et une région pourtant très catholiques, Imane raconte n'avoir eu aucune difficulté à vivre sa foi.

L'engagement au service de l'islam

Engagée dans une démarche de business halal, conseillère municipale et déléguée d'une communauté de communes, l'islam est présent dans toutes les sphères de la vie d'Irène. Un témoignage et un engagement qu'elle revendique : « Ça

1. École de formation des imams de Château-Chinon, appelée Institut de formation en sciences humaines, proche de l'UOIF.

nous semblait important pour donner une image active et positive de la communauté. »

Dans son activité professionnelle, Irène est au service de l'islam. Ouvert depuis cinq ans, son château « muslim friendly » accueille des musulmans et ne se veut pas fermé aux autres.

Ce château n'est d'ailleurs pas étiqueté « muslim friendly », puisque aucun label touristique musulman et plus largement religieux ou communautaire n'existe en France ! L'idée à la base de ce projet : offrir la possibilité aux musulmans de passer un séjour en France et pas forcément au « bled », dit-elle, tout en ayant la possibilité de pratiquer sa religion. La particularité de ce château, c'est que c'est un lieu calme où il est possible de prier, et qu'il n'y a pas d'alcool ni de porc.

C'est une démarche qui s'inscrit pleinement dans l'idée d'un islam en France. Irène raconte avoir été choquée en 2006 lorsque deux femmes voilées n'avaient pas eu accès à un gîte dans les Vosges[1].

L'engagement associatif au service d'une bonne image de l'islam

Irène fait partie d'une association, « Rencontre avec l'islam », dont le but est de présenter l'islam au sein des établissements scolaires privés et également publics. Depuis le début de l'année scolaire, elle a déjà fait cinq interventions. Pour l'Aïd, ils ont décidé d'organiser une fête dans la rue, avec distribution de cafés gratuits, pour partager, avec la population non musulmane de sa ville, quelques semaines après l'assassinat d'Hervé Gourdel en Algérie. « Moi je

1. « Deux femmes voilées refoulées d'un gîte », Nouvelobs.com, http://tempsreel.nouvelobs.com/societe/20060818.OBS8659/deux-femmes-voilees-refoulees-d-un-gite.html.

comprends leur besoin de parler de l'État islamique, il y a une telle peur qui s'installe, alimentée par l'actualité. Nous, on doit rester naturels, leur faire comprendre que ça n'est pas une étiquette d'être musulman, mais on ne peut pas rester enfermés sur nous-mêmes, on ne peut pas dire qu'on n'est pas concernés, c'est important de prendre position. » Je lui fais part du fait que j'ai moins entendu ce discours chez les autres femmes converties, plus promptes à parler du mal que l'État islamique fait à la communauté, qu'à expliquer leurs positions vis-à-vis de l'organisation terroriste. La réponse d'Irène est claire – elle veut m'expliquer pour quelle raison il n'est, selon elle, pas si simple pour les converties de condamner d'autres musulmans : « C'est hyper-dur de condamner des musulmans, parce que quand on a fait ce choix, on l'a fait parce qu'on se disait que c'était le meilleur. Et voir des gens combattre et donner un exemple médiocre de ce qui est pour nous le plus beau, c'est difficile… »

Elle fait également partie du conseil d'administration d'une association de rencontres interreligieuses. Cette association est née il y a plus de vingt ans, mais n'avait pas d'intervenant musulman. Alors, même si cet engagement constitue encore du travail en plus, Irène se dit qu'elle doit le faire : « Si je cède ma place, c'est un juif ou un catholique qui parle à notre place… »

Engagement public et rapport au politique

En 2013, le maire d'une petite commune des Pays de la Loire lui a proposé de faire partie de sa liste apolitique. Débordée, elle refuse, puis y repense. « Il y a très peu de familles musulmanes sur le secteur, je voulais donner un élan, et puis une ouverture sur la communauté musulmane », dit-elle. Elle devient conseillère pour la communauté de communes, en charge de la culture, de la communication et du tourisme. Elle me dit qu'il n'y a aucun événement prévu qui ait trait à la religion, mais souhaiterait sans doute dans le futur mettre à l'honneur d'autres cultures, et notamment la calligraphie. Politiquement, elle se définit comme étant de centre droit, mais a voté Mélenchon au premier tour de la dernière élection présidentielle, et François Hollande au second tour. Le choix de Mélenchon s'explique par sa religion : « Mélenchon, je le trouvais plus proche de la communauté musulmane par ses actes et ses paroles, même si je ne le vois pas au gouvernement. Sur des thématiques comme le Moyen-Orient, la Palestine et puis, en France, par rapport au port du voile, il ne s'y opposait pas. » Lorsque je lui demande pourquoi elle a voté François Hollande, elle qui se définit comme étant de centre droit, elle me répond : « On a fait le choix de voter pour lui. » Je l'interroge sur ce « on » : « On, parce qu'on a eu ces discussions dans des groupes musulmans. Des groupes de soutien politique à François Hollande se sont même constitués. On a décidé qu'il fallait un changement vis-à-vis d'une politique [celle de Nicolas Sarkozy] qui avait créé de la tension envers l'islam. » Un vote qui est donc débattu au sein de sa communauté religieuse, même si le vote musulman est majoritairement orienté à gauche, comme déjà évoqué plus haut[1]. L'islamophobie supposée de l'ex-président Sarkozy aurait donc été un argument clef dans son choix, elle qui appartient également à une autre association qui lutte contre l'islamophobie. Après lui avoir donné son vote, la politique de François Hollande l'a déçue : « Il y a des choses qui ne sont pas dans notre éthique, le mariage homosexuel, par exemple. On en a moins parlé que nos amis chrétiens qui eux sont toujours prêts à manifester, mais le besoin est le même dans la communauté musulmane. Peut-être que si j'avais habité Paris, j'aurais rejoint les manifestants. » J'en profite

1. Enquête Cevipof, *Le Vote des musulmans*, *op. cit.*

alors pour lui parler de l'homosexualité au sein de l'islam. Imane raconte avoir rencontré deux convertis, qui étaient homosexuels avant d'être convertis. La pratique de l'islam les a selon elle éloignés de leur homosexualité. Un chemin qu'elle a elle-même encouragé : elle a tenté de présenter une femme à l'un d'eux : « On a essayé de lui présenter des filles, sans tabou, en disant aux filles qu'ils étaient homosexuels. Pendant un an et demi, ils ont correspondu, ils se voyaient chaque week-end, puis ça n'a pas abouti. Moi, j'ai du mal à imaginer qu'on puisse changer d'orientation, pourtant je l'ai encouragé, et lui s'est prêté au jeu. »

Membre active de plusieurs associations, tenant un gîte bed & breakfast, mère de quatre enfants, conseillère de sa communauté de communes, Irène n'arrête pas de courir. Un engagement qu'elle dit faire au nom d'une mission de rayonnement pour sa communauté, en espérant pouvoir un jour passer la main : « On n'a pas le choix », répète-t-elle.

Le statut de la femme en islam

Pour illustrer le rapport entre mari et femme en islam, Irène utilise une métaphore entrepreneuriale : le mari est le patron, et sa femme est le bras droit. « L'homme est responsable de sa famille, du coup c'est un lien très fort, et oui ça me convient, ça n'a pas du tout été compliqué. »

Je lui pose alors des questions plus juridiques sur leur contrat de mariage et sur leurs propriétés. Irène et son mari sont mariés tout simplement sous le régime de la communauté de biens. Et ont créé ensemble une société, pour laquelle il a seul contracté un prêt – elle n'ayant pas alors de salaire pour rembourser les échéances. La question de l'héritage, Irène y a été confrontée lors de la mort de son beau-père. Son mari et les fils de la famille n'ont pas touché la même somme que les filles : « Je sais que les frères sont plus avantagés que les sœurs. Car une femme est amenée à se marier et à dépendre de son mari. Tandis qu'un homme, en tant que futur père de famille, a plus besoin d'argent. » Je lui demande ce qu'elle pense de ces règles. « Ce sont les textes », me répond-elle.

Irène me rappelle également qu'une femme musulmane qui perçoit un salaire peut le garder exclusivement pour elle et n'a pas d'obligation de participer aux dépenses destinées à l'éducation des enfants, par exemple.

La particularité d'Irène est qu'elle ne se vit pas comme une convertie. Elle me dit d'ailleurs qu'elle ne verrait pas le sens d'appartenir à une association de converties. « Ça n'a aucun sens pour moi. » De plus, dans sa ville, dans sa famille, dans son métier, Irène n'a aucune difficulté pour vivre sa foi. Elle est pourtant au courant des difficultés des converties dans la communauté, et me confie avoir aidé et hébergé une jeune convertie voilée que sa famille ne voulait plus voir. Mais elle n'a clairement pas eu personnellement à affronter ce genre de difficultés. Dans son témoignage, c'est son action en tant que musulmane qu'elle a mise en avant.

Conclusion

Le chemin de foi est nécessairement personnel et intime. Il résulte de rencontres, d'accidents de la vie, de questionnements spirituels, de quête d'identité. Ces parcours de conversion sont tous singuliers, et pourtant, ils nous disent bien quelque chose collectivement.

Impossible de faire la sourde oreille : c'est un phénomène qui est en progression, et qui questionne notre histoire et notre société sécularisée. Une société jugée du moins insatisfaisante par ces femmes, sinon aliénante. La conversion en général – et à l'islam en particulier – est difficile à penser non pas parce qu'elle attesterait simplement un retour vers le religieux, par ailleurs bien documenté. Plus que d'un retour au religieux – certaines de ces femmes étaient déjà croyantes –, il faudrait parler avec Olivier Roy d'une mutation du religieux qui déconnecte la religion de la culture[1]. En se convertissant, ces femmes se séparent de leur culture judéo-chrétienne, passée ensuite par le long travail de la laïcité et de la citoyenneté à la française. Un phénomène qui implique également un changement d'horizon politique et de frontières : ces femmes se reconnaissent davantage

1. Olivier Roy, *La Sainte Ignorance. Le temps de la religion sans culture*, Seuil, 2008.

dans l'oumma – la communauté musulmane transnationale – que dans la communauté nationale. La conversion modifie également la façon dont elles envisagent la nature du lien social, politique et interpersonnel, puisque dans certains discours affleure parfois le mot de « mécréant » pour qualifier l'autre non-musulman.

Mais elle facilite aussi une déconnexion entre leur foi et la culture de musulmans nés dans une famille musulmane issue de l'immigration. Une conférencière musulmane convertie me le confirme, affirmant que ces femmes recherchent un islam « débarrassé des traditions et coutumes importées[1] ». Une démarche qui les pousse d'ailleurs à étudier à fond les textes, et à avoir une pratique renouvelée en comparaison avec ces musulmans dits culturels, parfois plus rigoureuse ou intégraliste, en ce qu'elle englobe toutes les sphères de leur vie.

Dans ce nouveau chemin, elles mettent en avant la pudeur comme vertu cardinale, défendent également l'idée d'un mariage avec autorité traditionnelle du mari, ou de règles de succession lésant la femme… Certes, les nouvelles croyances et normes de certaines de ces femmes peuvent nous laisser perplexes. Beaucoup de ces converties considèrent que la source de ces valeurs, l'islam, redonne sa juste place à la femme – notamment lorsqu'il est débarrassé de ses éléments culturels. Certaines dénoncent par exemple les violences faites aux femmes en Égypte, en argumentant du fait qu'il s'agit d'éléments qui relèvent pour elles de traits culturels et non religieux des sociétés singulières dans lesquelles ces femmes vivent. C'est aussi toute la théorie d'un féminisme « musulman ».

Impossible pour autant de caricaturer ces femmes en converties de force, ou en épouses soumises portant la burqa noire, ou encore en futures candidates au djihad. Ces femmes

1. Entretien avec Malika Dif.

sont sensibles, instruites, documentées, actives. Elles n'ont aucun lien avec le djihadisme, elles ne suscitent aucune inquiétude. Et pourtant, le miroir qu'elles nous tendent aujourd'hui questionne sans doute davantage et de manière plus profonde le sens et les fondements du vivre ensemble…

Remerciements

Je remercie toutes ces femmes qui m'ont accordé leur confiance et bien voulu me raconter leur chemin vers l'islam. J'espère qu'elles se reconnaîtront sans trop de réserves dans la lecture de leur portrait. Ce livre n'a qu'un seul but : leur donner la parole, et comprendre.

Je remercie toutes les personnes qui m'ont aidée à entrer en contact avec elles. Au sein de la communauté musulmane : M'hammed Henniche, secrétaire général de l'Union des associations musulmanes du 93, Nabil Ennasri, et, particulièrement, Yassine Jabri, de l'association Miséricorde pour l'humanité, avec lequel nous avons longuement pu échanger. Des discussions toujours très constructives, nécessaires et enrichissantes.

Je remercie mes amis et collègues qui m'ont également aidée dans l'enquête, Sandrine Prioul, Sylvaine Allègre, Sophie Malié, Cyril Azouvi. Ce projet n'aurait pas vu le jour sans l'aide de ce dernier, et sans celle décisive d'Alexandra Laignel-Lavastine, qui a tout de suite manifesté un grand intérêt pour ce travail. Je remercie mon éditeur, Jean-Christophe Brochier, qui a partagé le sens de ma démarche, et m'a accompagnée avec une très grande liberté.

Enfin un très grand merci à mon amie Vanessa Codaccioni qui a toujours cru en ce projet, m'a soutenue, relue et donné ses conseils aussi exigeants que précieux.

Table

RÉALISATION : NORD COMPO À VILLENEUVE-D'ASCQ
IMPRESSION : CPI FIRMIN-DIDOT À MESNIL-SUR-L'ESTRÉE
DÉPÔT LÉGAL : FÉVRIER 2015. N° 118067 (126078)
IMPRIMÉ EN FRANCE